Horst Bienek
Königswald oder Die letzte Geschichte

Eine Erzählung

Carl Hanser Verlag

ISBN 3-446-14135-9

Umschlag: Klaus Detjen
Satz: Fotosatz Otto Gutfreund, Darmstadt
Druck und Bindung: May + Co, Darmstadt
Printed in Germany

Je me refuserait toujours à écrire:
La marquise sortit à cinq heures.
Paul Valéry

Ort und Zeit sind authentisch. Das von der SS besetzte böhmische Schloß stand am Ende des 2. Weltkrieges vor der Einnahme durch russisches und, wie dann geschehen, amerikanisches Militär und ist ein Ereignis der Zeitgeschichte. Personen und Handlung sind frei erfunden. Jede Ähnlichkeit mit lebenden Personen ist nicht beabsichtigt und wäre rein zufällig.

1

Die Marquise ging um fünf Uhr aus.

Eigentlich war sie keine richtige Marquise. Es war auch schon viel später. Und sie ging auch nicht aus, sie wurde ausgefahren. Nicht in einer Equipage und nicht in einer Kutsche. Nicht einmal in einem Landauer. Sondern in einem Rollstuhl. Es war die Gräfin Hohenlohe-Langwitz, schlesische Linie, die seit dem Tod ihres Mannes an beiden Beinen gelähmt war und jetzt etwas lustlos, aber pflichtbewußt durch den Schloßpark von Königswald geschoben wurde. Von Milka, manchmal auch Wassermilka genannt, die eigentlich Fräulein Emilie Piontek hieß, woran sich aber kaum noch jemand erinnerte.

Seit Kriegsanfang war sie bei der Gräfin als Vorleserin und Gesellschafterin angestellt, was nichts anderes als eine vornehme Umschreibung für die altertümliche und herabwürdigende Bezeichnung Zofe war. Auf kuriose Weise war sie zu dieser Tätigkeit gekommen: Ihre Vorgängerin, ein Freifräulein von Prittwitz, hatte von einem Tag zum andern den Dienst bei der Gräfin quittiert. Den Grund hatte Milka nie herausgefunden, weil die Gräfin nicht darüber sprechen wollte, ja, sie konnte jetzt noch in ihrem Rollstuhl erbeben, wenn nur der Name von

Prittwitz fiel. Die Gräfin suchte damals dringend eine Nachfolgerin, denn sie lebte allein in ihrer großen Stadtwohnung in Gleiwitz. Auf dem Landgut bei Kreuzburg wollten die Verwandten sie nicht mehr sehen, nachdem ihr Mann bei einem Jagdunfall umgekommen war. Es war ein Selbstmord gewesen, sie wußte es besser. Ihre Gegenwart hätte die Familie nur an das erinnert, was sie sich – schon wegen der Lebensversicherung – nicht eingestehen konnte.

Die Gräfin hatte eine Anzeige im *Adelsblatt* aufgegeben, es war aber keine einzige Zuschrift gekommen. Da erniedrigte sie sich und annoncierte in einem bürgerlichen Blatt, in der Gleiwitzer *Volksstimme*; sie tröstete sich damit, daß es wenigstens eine katholische Zeitung war.

Diese Anzeige hatte Milka gelesen, die damals in einem alten, halbverfallenen Häuschen draußen am Klodnitzfluß ein geruhsames Leben führte, mit einem bescheidenen Einkommen als Zigarrenwicklerin. Es war die Zeit, da sie sich gründlich langweilte und Überlegungen anstellte, etwas ganz anderes zu tun, eventuell in die Grundstücksgeschäfte ihrer Schwägerin, der Klavierlehrerin Valeska Piontek, einzusteigen, oder vielleicht in die Hauptstadt überzusiedeln. Denn sie liebte es, alle paar Jahre die Umstände ihres tätigen Lebens zu verändern. So war sie früher einmal Weißnäherin gewesen, Statistin in der Zoppoter Waldoper, Verkäuferin in einem Hutgeschäft, Kranzbinderin in einer Friedhofsgärtnerei,

Aufseherin in einem Kinderhort und Platzanweiserin in einem Kino. Wenn sie sich unter der Berufsbezeichnung Vorleserin auch nur etwas Vages vorstellen konnte, so reizte das Wort Gesellschaftsdame jedoch ihre Phantasie auf das lebhafteste.

Sie beschloß Knall auf Fall – das war ihr Lieblingswort –, sich bei der Gräfin zu bewerben. Holte ihr bestes Kostüm aus dem Schrank, das sie nur bei Hochzeiten und Begräbnissen trug (Kindstaufen haßte sie, zu Kindstaufen war sie nie gegangen!), versteckte ihr kurzgeschnittenes Haar unter einer roten Baskenmütze und überschüttete sich mit Eau de Cologne, um den Geruch der Mottenkugeln zu vertreiben. Zu ihrer Überraschung wurde sie von der Gräfin Hohenlohe gleich engagiert, nachdem sie ihre Referenzen vorgezeigt hatte und schließlich von mehreren Personen befragt und in Augenschein genommen worden war.

Die Gräfin hatte, um der Wahrheit die Ehre zu geben, keine andere Wahl gehabt. Denn es hatten sich auf diese Anzeige in der *Volksstimme* nur fünf Personen gemeldet; die eine hinkte, die andere schielte, die dritte hatte einen Kropf und die vierte konnte nicht lesen. Auch an Milka Piontek hatte sie sich erst gewöhnen müssen. Ihre Manieren schienen ihr nicht gerade ›adelsfein‹, wie sie das nannte. Es mißfiel ihr, daß Milka mit lauter Stimme sprach und das ›r‹ heftig rollte, in Herrenanzügen herumlief und gelegentlich sogar eine Zigarre rauchte. Und wenn sie sich zu ihr hinunterbeugte, um die Kissen aufzuschütteln oder die Wärmflaschen zu wechseln, konnte es vorkommen, daß sie gar aus dem Munde nach Schnaps roch. Aber als sie das feststellte, war Milkas Probezeit schon vorbei. Und außerdem hatte sich ihre robuste, vielleicht sogar grobe Art inzwischen als durchaus vorteilhaft erwiesen. Heutzutage kam man damit besser durch, so waren eben die Zeitläufte. Und wenn die Gräfin nur daran dachte, was alles in den letzten Wochen und Monaten geschehen war, dann war ihr bewußt, daß sie das ohne die klare, direkte, zupackende Art der Milka nicht oder jedenfalls nicht so gut überstanden hätte.

Es ist unerhört! Wir müssen etwas dagegen unternehmen! sagte die Gräfin und zuckte leicht mit dem Kopf nach rechts. Das tat sie immer, wenn sie erregt war. Es war ein nervöses Zucken, das sie selbst nicht mehr bemerkte, und das sie an jenem Tag befallen hatte, als sie zusammen mit Milka, zwei Koffern und einem Reisekorb Gleiwitz verließ. Es konnte tagelang ausbleiben, aber ganz verschwand es nie; und wenn sie erregt war, wiederholte es sich in kurzen Abständen.

Sehen Sie, sagte sie und zupfte an der Decke, die über ihren Schoß gelegt war, der Weißdorn steht jetzt in voller Blüte, überall. Wie schön das aussieht! Dabei verzog sie ihr Gesicht rasch zu einer Grimasse. Aber er riecht stark, er riecht streng, an warmen Abenden riecht er richtig unangenehm, nicht wahr?

Milka schob den Rollstuhl vor sich her und achtete darauf, daß sie in der Mitte des Weges blieb, wo der Kies fester gestampft war. Der Weißdorn war schon seit Tagen in Blüte, und er roch schon eine ganze Weile äußerst unangenehm, manchmal, wenn der Wind es wollte, bis in die Zimmer hinein. Sie liebte den Jasmin, und sie erinnerte sich daran, wie er in den Vorgärten von Gleiwitz und unten an der Klodnitz geblüht und geduftet hatte.

Die Gräfin versuchte sich selbst von dem, was sie eben noch so erregt hatte, abzulenken: Ich möchte wissen, wie weit die Kirschbäume sind? Ich glaube, nach diesem schrecklichen kalten Winter, der gar nicht mehr aufhören wollte, ist alles später. Die Kirschen brauchen bestimmt noch eine Woche, bis die Blüten austreiben.

Und dann brach es doch aus ihr heraus: Unerhört! Skandalös! Ach, Milka, versuchen sie doch mal in die Nähe von diesen... diesen... Kanonen zu kommen...

Die Gräfin wurde heute später ausgefahren, weil sich zur Teestunde im Schloß etwas ereignet hatte, was ihr noch jetzt das Gesicht rötete und ihren Kopf in gewissen Abständen zucken ließ. Sie wäre lieber bei den Frauen im Salon geblieben, aber Milka bestand darauf auszufahren, bevor die Dämmerung einbrach. Und so war es ja auch richtig gewesen. Sie selbst wachte über nichts so streng wie über ihre Ausfahrten mittags um zwölf und nachmittags um fünf

Uhr, und kein Regen, kein Hörwerk im Radio, kein Schnee und kein Feiertag konnten sie daran hindern. Sie hatte eine furchtbare Angst vor der Tuberkulose, und frische Luft und Ziegenmilch hielt sie für die besten Mittel, sich dagegen zu schützen.

Durchatmen! Ganz tief durchatmen! sagte Milka mit ruhiger, fast beschwörender Stimme. Auch sie tat, als gäbe es in diesem Augenblick nichts Wichtigeres auf der Welt als frische Luft. Sie sah zum Himmel, der sich mit dem entschwindenden Licht langsam wie eine Bühnendekoration über das Schloß und den Park heruntersenkte. Aus der Ferne hörte man Explosionen, mal lauter, mal leiser, das ging schon seit Tagen so und hatte in seiner Dumpfheit nichts Bedrohliches mehr. Diese Explosionen kamen aus beiden Richtungen, aus dem Norden von Karlsbad her, das die Russen gerade eingenommen hatten, und aus dem Süden von Marienbad, auf das die Amerikaner von Pilsen her marschierten. Doch seit Tagen veränderten sich die Fronten nicht, und es schien, als hätten beide Heere angehalten und der rollende Donner sollte nur verraten, daß sie überhaupt noch da waren. Widerstand der Deutschen konnte es nicht sein, der die Truppen festhielt, dann wären die Kriegsgeräusche heftiger und lauter gewesen.

Gerüchte gingen um, jagten einander mit immer neuen und immer furchtbareren Schreckensvisionen. Es ging die Rede von Kapitulation und Rückzug der deutschen Truppen, von der nahenden Besetzung durch die Russen, dann wieder durch tschechische Revolutionsgardisten, die in den Sudeten-Dörfern plünderten, die Häuser anzündeten, die Frauen vergewaltigten und die Männer verschleppten, in der Eger sollen die Leichen zu Hunderten treiben. Nun hoffte man auf die Amerikaner, und daß sie als erste in Königswald sein würden.

Sie müssen weg! Diese Kanonen müssen weg! flüsterte die Gräfin. Und erregte sich dermaßen, daß sie ihren Oberkörper nach links und nach rechts warf. Sie meinte damit die drei Geschütze, die vorn an der Straße aufgestellt waren, und die man unter den Tarnnetzen mehr ahnen als sehen konnte. Hätten die beiden Frauen nicht gerade im Salon erfahren, daß dies Panzer-Abwehr-Kanonen vom Kaliber 7,5 mm seien, sie hätten das wohl für irgendeine harmlose militärische Ausrüstung gehalten.

Milka schob den Rollstuhl über die Straße und verlangsamte merklich das Tempo, damit ihren Augen auch nichts entging. Der Kopf der Gräfin zuckte. Beide Frauen starrten auf die Tarnnetze, als malten sie sich Bilder des Schreckens aus.

Milka hielt den Rollstuhl an, sie reckte ihren Hals, um scharf nach vorn zu blicken, wo sich gerade ein SS-Soldat an einem Lastwagen zu schaffen machte. Sie schüttelte demonstrativ mißbilligend den Kopf und schob das Gefährt mit der Gräfin in einer scharfen Wendung zurück. Als ob sie das Bild aus ihrem Gesichtskreis verbannen wollte.

Die Gräfin blickte nun nach oben; sie liebte es, in den Himmel zu sehen. Milka blickte nach unten, sie mußte auf den Weg achtgeben. Ihr ganzes Leben hatte sie nach unten sehen müssen.

Die Dinger da müssen weg, das ist klar! bestimmte die Gräfin. Wir müssen etwas unternehmen!

Ich überlege schon die ganze Zeit, sagte Milka und hatte ihre Mühe mit dem Weg. Vielleicht sollten der Diener Kurth und ich die Geschütze in den Teich... Aber sie unterbrach sich selbst, weil sie von der Lächerlichkeit dieses Unternehmens überzeugt war.

Wenn diese Kanonen hierbleiben, sagte die Gräfin, sind wir verloren. Wenn die nur eine einzige Granate auf den heranrückenden Feind abschießen, wird der das ganze Schloß in Trümmer und Schutt legen.

Auf unsre Bitten hin werden sie die Geschütze nicht wegschaffen... Wir müssen sie irgendwie dazu zwingen, auf Tod und Teufel, wetterte Milka.

Ist das nicht ein Wahnsinn, sagte die Gräfin. Eine Minute vor zwölf!

Ja, es ist ein Wahn-Sinn, wiederholte Milka, doch mit ganz anderer Betonung.

Am Ende sind wir hier der letzte Posten, der noch den Traum vom Großdeutschen Reich verteidigt, sagte die Gräfin. Sie lachte.

Und gehen in Flammen auf. Sie hustete.

Wir müssen die Schwarzen loswerden! Sie lachte und hustete.

Milka klopfte die Kissen im Rücken der Gräfin zurecht. Ich hab ’ne Idee, sagte sie. Eine verrückte Idee. Damit könnten wir es schaffen, die Kanonen loszuwerden. Und die SS-Leute auch. Knall auf Fall!

Sie flüsterte der Gräfin etwas ins Ohr, obwohl hier draußen ihnen niemand zuhören konnte. Doch es machte den Charakter ihrer Verschwörung deutlicher.

Die Gräfin hörte zu, sie nickte. Und am Schluß klatschte sie zum Zeichen ihrer Zustimmung in die Hände. Ja, hauchte sie, so etwas wie die Sache mit dem Baby von diesem berühmten Atlantikflieger...?

Milka sah sich um. Die Sonne balancierte auf den Wipfeln des Buchenwaldes, der sich bis zum Gebirgskamm hinzog. Der Himmel senkte sich tiefer. Sie schritt jetzt rascher aus. Ja, sie lief geradezu das letzte Stück des Weges und kam ganz außer Atem. Und die Gräfin Hohenlohe zeigte in ihrem Rollstuhl keine Angst, sie feuerte ihre Gesellschafterin noch an, indem sie ihr jubelnd zurief:

Toll! Verrückt! Fantastitschnje!

2

Sie hatten sich wie jeden Nachmittag pünktlich um halb fünf Uhr im Roten Salon getroffen, um den Tee einzunehmen. So war das Brauch auf Schloß Königswald seit Jahren, ja seit Jahrzehnten. Alle adligen Bewohner erschienen zu diesem Zeremoniell, das jedesmal von einem Schlag auf den Gong in der Eingangshalle angekündigt wurde. Berühmte Leute waren bei diesen Teestunden zu Gast gewesen, Staatsmänner, Dichter, Musiker; illustre Köpfe. Heute wurde ein General erwartet.

Der Diener Kurth servierte den Tee, er tat es seit mehr als fünfzig Jahren, und er tat es langsam und umständlich. Nicht weil er schon so alt war, sondern weil es das überlieferte Ritual so erforderte. Er bediente in grauer Livree und mit weißen Handschuhen. Daß er sie früher jeden Tag gewaschen hatte, im fünften Kriegsjahr aber nur noch einmal in der Woche, fiel niemand auf. Er teilte erst die Teetassen aus, Meißener Porzellan, mit Goldmäander. Dann ging er mit zwei Silberkannen von einem zum andern. In der linken Hand hielt er die kleinere mit dem Teesud, in der rechten die größere mit heißem Wasser. Er goß erst aus der kleinen ein und füllte dann mit der großen auf, letzteres tat er sehr langsam und wartete, bis der Gast Danke, Merci, Spassiwo oder Grazie sagte. War einer der Gäste währenddessen in lebhaftem Gespräch begriffen und achtete nicht darauf, strafte ihn Kurth mit einem besonders reichlichen Wasseraufguß. In einer zweiten Runde brachte er ein Tablett mit Milchkanne, Zuckerdose und Keksschale und forderte die Gäste auf, selbst davon zu nehmen. Milch war stets vorhanden, ebenso wie verschiedene Sorten von Keksen, doch Zucker gab es nur in den ersten zwei Wochen des Monats, dann waren die Zuckermarken verbraucht. Trotzdem ermunterte er mit einem schon zur Routine gewordenen Augenaufschlag dazu, und die Gäste griffen zum Löffel und taten so, als ob sie sich einmal, manche sogar zweimal Zucker in ihr Getränk schütteten.

Acht adlige Damen bewohnten in dieser Zeit das Schloß, sie saßen an ihren gewohnten Plätzen und gingen, wenn sie nicht gerade in einem eifrigen Disput mit der Nachbarin vertieft waren, ihren gewohnten Beschäftigungen nach. Die regierende Fürstin auf Königswald war Ursela Wetternich. Ihr Mann galt seit anderthalb Jahren als im Osten vermißt. Sie war noch nicht lange mit ihm verheiratet gewesen, und manche Mitglieder der weitläufigen Verwandtschaft wollten sie deshalb nicht so recht als eine echte Wetternich anerkennen; sie sprachen manchmal von ihr als der *italienischen Krabbe*, weil sie mütterlicherseits eine Rantzau aus Eckernförde, großmütterlicherseits dagegen eine Camporeale war.

Abgesehen davon, daß Ursela festen Glaubens war, ihr Mann lebte, wenn auch in russischer Gefangenschaft (was größere Aussicht bot, das Kriegsende zu überleben denn als kämpfender Frontsoldat), hatte sie sich sehr bald durch die tüchtige Verwaltung des Schloßgutes Respekt verschafft, bei ihrer Schwieger-Großmutter, der alten Fürstin Wetternich, auch noch Anerkennung dazu. Sie war eine zierliche kleine Person, schlicht gekleidet, das dunkelblonde Haar, glatt nach hinten gestrichen, lief über den Schultern in einer Nackenrolle aus. Ihr feines Gesicht mit dunklen, leicht schwermütigen Augen und der hohen Stirn hätte man als schön bezeichnen können, wenn nicht alles an ihr so widersprüchlich gewesen wäre. Sie konnte den Bediensteten, und das waren jetzt Ostarbeiterinnen, in der Gärtnerei mit strenger, lauter Stimme Anordnungen geben. Im Hause dagegen sprach sie leise und benahm sich sanft. Und sie widersprach nie.

Aber sie vergaß nichts. Und irgendwann zerrte sie das Vergessene hervor, nicht um zu triumphieren, aber um den andern zu beschämen. Sie saß jetzt am Tisch, über Papiere und Zahlen gebeugt, und es sah so aus, als würde sie das Haushaltsbuch prüfen. Oft aber benutzte sie das nur als Vorwand, um über etwas nachzudenken. Oder auch nur, um jemand anzusehen. Sie blickte gern in Gesichter.

Heute war auch wieder die alte Fürstinmutter erschienen, die die letzten Tage wegen einer Dysenterie auf ihrem Zimmer geblieben war. Sie hatte etwas zu viel Rouge auf die Wangen gelegt, was bei der Blässe ihres Gesichts auffiel. Sie trug ein schwarzes, hochgeschlossenes Wollkleid mit Schultersattel, dazu hellblaue Taftschärpen quer über die Brust, die eigentlich nur für festliche Angelegenheiten gedacht waren und zu Seide besser paßten. Aber für das dunkelblaue Seidenkleid mit den Spitzenjabots war es noch zu kühl. Die Schärpen hatte sie auch nur angelegt, um an den 80. Geburtstag zu erinnern, den sie schon letzten Sonntag feiern wollte, was ihr aber die junge Fürstin ausgeredet hatte. Nun sollte die Feier an diesem Sonntag nachgeholt werden.

Die Gräfin Woronzoff, die als Kammerjungfer seit langem in ihren Diensten stand, legte ihr gerade eine Hermelin-Stola über die Schulter, damit sie sich nicht wieder erkältete. Außer den Wetternichs waren nur Flüchtlinge im Schloß, und die Woronzoff war der älteste Flüchtling unter ihnen. Sie hatte Rußland 1917 verlassen und war über Finnland und Schweden nach Deutschland gekommen, wo sie in die Dienste der Wetternichs trat. Sie war eine arme Verwandte der reichen Woronzoffs, das war sie schon in Petersburg gewesen, und das war sie auch im Westen geblieben. Sie hatte ein Lieblingsthema, auf das sie immer wieder zurückkam: daß nämlich mit Dostojewski und Tolstoi der Bolschewismus begonnen habe; der eine Dichter sei zu tief in die Seele eines Mörders eingedrungen und der andere habe den gottgewollten

Adel verraten, indem er unter die Bauern und Ungebildeten ging. Sie trug stets einen Schutenhut und las am liebsten Puschkin und Fet.

Der zuletzt eingetroffene Flüchtling war die Freifrau von Boehme aus Görlitz, die zu Fuß über das verschneite Gebirge geflohen war, weil die Bahnlinien schon unterbrochen waren, und ein Bauer hatte sie schließlich die letzte Strecke mit seinem Fuhrwerk nach Königswald gebracht. Sie war mit zwei Koffern und einem Rucksack weggegangen und lediglich mit einem Muff aus schwarzem Persianer angekommen, in dem sie ein Kartenspiel versteckt hatte. So saß sie jeden Nachmittag am kleinen Spiegeltisch, legte die Karten aus und forderte eine der Damen zu einem Spiel auf, das sie *Schlesische Lotterie* nannte. Sie verlor selten. Bei der Schlesischen Lotterie gewinnt immer die Bank. Und sie hoffte, irgendwann würde sie das, was sie in Görlitz verloren hatte, mit dem Kartenspiel zurückgewinnen.

Die Gräfin Posadowsky aus dem Ratiborer Land schaute schweigend vor sich hin und knackte mit den Fingern. Früher hatte sie während der Teezeit gern auf dem Bösendorfer gespielt. Aber die junge Fürstin hatte sie gebeten, nur noch am Vormittag zu üben. Dabei übte sie gar nicht, und sie spielte auch nicht zum Vergnügen, weder zu ihrem eigenen noch zu jenem der Schloßbewohner. Sie spielte, um ihre Nerven zu beruhigen. Und um zu vergessen. Jene Februarnacht zu vergessen, als sie von der andern Seite der

Oder zusehen mußte, wie das Schloß Posadowsky von den Russen erobert wurde und in Flammen aufging. Die ganze Nacht lang brannte der Himmel, und am nächsten Tag stand schwarzer Rauch über den Trümmern. Sie konnte diesen Anblick nur vergessen, wenn sie am Klavier saß und spielte. Am liebsten spielte sie Chopin und Rachmaninow. Es gab Stücke, da brannte noch einmal das Schloß Posadowsky unter ihren Händen.

Die Gräfin Huberta von Dohna strickte. Sie seufzte: Ach, Gottchen, und strickte. Sie war aus Ostpreußen geflohen und hatte nicht viel retten können außer ihren Schmuck, einen Lederbeutel mit geschliffenen Bernsteinen und fünf Knäuel Wolle. Den Schmuck und die Bernsteine versteckte sie, die Wolle zeigte sie her. Sie strickte an einem Pullover für ihren Enkel Eduard, kam aber über die Brustseite und einen Ärmel nicht hinaus. Dann war die Wolle zu Ende. Sie trennte alles wieder auf, wickelte die Knäuel und begann wieder von vorn. Ach, Gottchen.

Sie war dick geworden. Ihr fehlten die Spaziergänge zum Meer, die sie früher jeden Tag gemacht hatte. Als sie in Königswald angekommen war, war sie einige Male zum Teich hinuntergegangen. Damals war Januar, und der Teich war zugefroren. Als er auftaute, steckte sie ihre Hand ins Wasser; danach stellte sie ihre Spaziergänge ein.

Die Baronin von Schweinitz nahm vom Diener Kurth drei Löffel Zucker. Drei gedachte Löffel Zukker. Sie konnte von allem nicht genug kriegen. Sie beugte sich zur Woronzoff hinüber und sagte: Erzählen Sie weiter! Was geschah denn nun mit diesem merkwürdigen Wunderpopen und seiner Gemeinde.

Sie hörte gern Geschichten vom Elend der andern. Das ließ sie leichter ihr eigenes vergessen. Sie hatte stets eine kleine Handtasche aus winzigen Silberperlen neben sich, in der sich das Sparbuch der Dresdner Bank, ihr Witwenring und ein in Gold gefaßter Kondom befand. Als ihr Mann starb, hatte sie sich einen Traum verwirklicht, sie war nach Ägypten gefahren, um den Tempel von Luxor zu sehen. Und sie brannte darauf, einmal mit einem Nubier zu schlafen, zwei Meter zehn groß, für hundert ägyptische Pfund. Aber nur mit einem Kondom, weil sie Angst hatte, einen Bastard zu kriegen, obwohl sie eigentlich über das Alter hinaus war. Diesen Kondom ließ sie danach vom Juwelier Bleisch in Breslau in Gold fassen. Den Leuten sagte sie, es handle sich um eine Heiligen-Reliquie. Wem konnte sie schon die Wahrheit sagen? Und für sie war es das ja auch... Was sie sich bis heute zum Vorwurf machte, war, daß sie vergessen hatte, nach seinem Namen zu fragen. In ihren Gedanken nannte sie ihn: Der große Schatten.

Doch das wichtigste in der Perlenhandtasche war das Fläschchen mit Amylnitrit, nach dem sie immer griff, wenn irgend etwas Aufregendes passierte. Denn seit ihrer Ägypten-Reise war sie herzkrank. Sie glaubte es jedenfalls. Und auf ihrer Flucht nach Böhmen hatte sie stets einen Platz im Zug, auf einem Leiterwagen oder sogar in einem Militär-Lastwagen gefunden. Sie brauchte nur an ihrem Fläschchen zu riechen, schon wurde sie krebsrot im Gesicht und jeder half ihr.

Gerade schob Milka den Rollstuhl der Gräfin Hohenlohe in den Salon, um sich danach sogleich wieder zurückzuziehen, denn zur Teestunde war nur der Adel zugelassen. Ausgenommen die Gäste. Die Hohenlohe griff in die Speichen und lenkte ihren Rollstuhl direkt zu der Boehme, bei der sie in den letzten Tagen 47 Mark in der Schlesischen Lotterie verloren hatte und wenigstens einen Teil wieder zurückgewinnen wollte.

Oh, danke, sagte sie ärgerlich zu Kurth, der ihr zuviel Wasser in die Tasse gegossen hatte. Und legte ein Fünfmarkstück hin.

Ja, sagte die Woronzoff unter dem Schutenhut zur Posadowsky, dieser kleine, dumme, schmutzige Pope aus dem Gouvernement Twer, dem das Frühstück mit Ei, gesäuerter Milch und Fischrogen noch bis zur Abendmesse im Bart klebte, hat am Schluß mehr als vierzig Anhänger gefunden, die Häuschen und Ziege und Garten verkauften und ihm mit ein paar Goldrubeln, eingenäht in ihre Mäntel, auf dem Weg in den Süden folgten. Irgendwo dort unten sollte ihm der Messias erscheinen. Doch mindestens vierzig Gerechte müßten es sein, sonst könnten sie nicht erlöst werden. Eines Tages zog also diese verrückte Pilgerschar an unserem Gutshof vorbei...

Was Sie nicht sagen! sagte die Schweinitz erstaunt.

Ich will aber meinen Geburtstag feiern, schrie die alte Fürstin mit hoher Stimme. Die Russen stehen vor der einen Tür. Und die amerikanische Negerkultur vor der andern. Wenn ich nicht jetzt meinen Geburtstag feiere, feiere ich ihn niemals. Vielleicht, sagte sie und wehrte Ursela ab, die sie erneut beschwichtigen wollte, sollte ich gleich meinen 90. Geburtstag feiern...!

Erbarmung, sagte die Gräfin Dohna.

Es war nicht auszumachen, ob sie damit die Fürstin Wetternich mit ihrem seltsamen Geburtstagsgebaren meinte oder den General, der nun, vom Diener gemeldet, in den Salon trat. Und mit ihm sein Ordonnanz-Offizier, dem sich alle Augen und Aufmerksamkeiten zuwandten, da er zum ersten Mal dabei war. Niemand wußte genau, ob der General wirklich ein General war. In den Rängen der Waffen-SS kannte sich ja niemand so genau aus, nicht einmal Kurth, der ansonsten über die Ränge sämtlicher europäischer Armeen bis hin zum napoleonischen Heer Bescheid wußte. Er hatte sich als Obersturmbannführer vorgestellt, und die Posadowsky behauptete, das sei so etwas wie ein General. Und dabei blieb es auch. General Kolk war auf dem Rückzug mit seiner zusammengeschmolzenen Truppe durch Königswald gekommen und hatte beschlossen, hier erst einmal die weitere Entwicklung der Front abzuwarten. Die einfachen Soldaten wurden im Ort untergebracht, für die Offiziere und höheren Chargen hatte er im Schloß Quartier verlangt und sogleich die Räumung eines Flügels von zivilen Personen angeordnet.

Die junge Wetternich hatte sofort mit Marienbad telefoniert (zum Glück waren die Leitungen noch nicht gestört) und versucht, eine höhere Dienststelle ausfindig zu machen, die dem General Kolk den Befehl erteilen sollte, Schloß Königswald zu verlassen. Aber sie bekam nur heraus, daß Kolk offensichtlich von hohem militärischen Rang war und außerdem die Wehrmacht der Waffen-SS überhaupt nichts zu befehlen hatte. Eher umgekehrt. So konnte sie nichts anderes tun, als zu hoffen, daß die Eindringlinge rechtzeitig vor den anrückenden Russen oder Amerikanern abziehen würden. Es kam schon beinahe gar nicht mehr darauf an, wer nun als erster in Königswald sein würde. Wichtig war, daß die SS abzog und ein Kampf um das Schloß vermieden würde. Die Wehrmacht war überall in Auflösung, aber die SS kämpfte noch erbittert weiter.

Die adligen Frauen waren übereingekommen, den SS-Leuten höflich, aber mit Distanz zu begegnen, ihre Fragen äußerst knapp zu beantworten, ihre Befehle zu ignorieren. Den General zur Teestunde zu empfangen, ihm aber stets das Gefühl zu geben, wie unerwünscht er mit seinen Truppen sei. Immerhin brachte er jeden Tag die neuesten Nachrichten mit, die man sich auf keinen Fall entgehen lassen wollte, auch wenn man insgeheim der Meinung war, durch die umlaufenden Gerüchte wahrheitsgemäßer informiert zu sein. Im Grunde erwartete man jeden Nachmittag, daß der General schließlich erklären würde, er werde jetzt (oder spätestens am nächsten Tag!) mit seinen Leuten abziehen. Ja, darauf wartete man. Tat er es nicht, was schon aus seinen Gesten, seinem Gesicht abzulesen war, ließ man ihn bald allein und wandte sich wieder den alten Gewohnheiten zu.

Der General hatte eine leicht schrille Stimme, und die Gräfin Dohna meinte, er habe sogar einen S-Fehler, aber ansonsten die besten Manieren. Er küßte der alten Fürstinmutter die Hand, wie das im alten Österreich üblich gewesen war. Er ging, mit der Teetasse in der Hand, von einer Dame zur andern und hatte für jede von ihnen ein Kompliment, einen Scherz oder eine Aufmerksamkeit bereit – was allerdings durch seine scharfe Stimme an Wirkung einbüßte. Wenn auch keine der adligen Damen darauf antwortete und nicht einmal eine Miene verzog, so hörten sie doch alle hin, denn sie hörten das gern.

Auch der General nahm von dem imaginären Zukker; er nahm sogar zweimal und rührte sorgfältig seinen Tee um. Rasch hatte er sich den Spielregeln angepaßt. Der junge Offizier, der mit ihm gekommen war, schwieg die ganze Zeit. Er ließ seine Blicke etwas gelangweilt über die Möbel und Dekorationen schweifen, wandte sich ausführlich den Vitrinen mit den alten böhmischen Gläsern zu, und tat, als ob ihn tote Gegenstände mehr interessierten als lebende alte Damen. Wenn der General seine schwarze SS-Uniform wie einen Fetisch trug, so der Offizier die seine wie einen Priesterrock, besser, wie eine Mönchskutte.

Untersturmführer Galubke, stellte der General den Offizier mit dem müden Blick vor. Die Atmosphäre entspannte sich augenblicklich. Denn jede erinnerte sich, irgendwo und irgendwann einmal einem Mann mit Namen Galubke begegnet zu sein. Die Gräfin Dohna hatte einmal einen Stallmeister dieses Namens gehabt, der eines Nachts mit zwei Pferden, der Milchkasse und einer Kuhmagd verschwunden war.

Mein Vertreter, sagte der General. Typ Schreibtischmensch, aber sehr beschlagen! Er lachte anerkennend und schrill.

Galubke ging zum Fenster und prüfte mit den Fingern die Qualität der alten Damast-Vorhänge. Er fühlte sich nicht wohl in dieser Runde alter Schachteln. Er hatte sich Tee eingießen lassen, aber keinen Schluck getrunken. Er zündete sich eine Zigarette an.

Wollte Sie informieren, wandte sich der General der alten Fürstin zu, heute mittag sind mit einer Nachhut drei Panzer-Abwehr-Kanonen gekommen, ich habe sie draußen auf der Straße aufstellen lassen, damit sie das Schloß verteidigen. Falls nötig.

Kanonen, o Gott! seufzte die Fürstin.

Ursela ließ ihre Papiere sinken und erhob sich. Panzer, wie sagten Sie: Panzer-Abwehr-Kanonen? Heißt das, Sie rechnen mit feindlichen Panzern vor unserm Schloß?

Ja, sagte der General und zog einen Stuhl heran, um sich bequem darüberzubeugen. Im allgemeinen sind es Panzer, die einen Ort einnehmen, ihnen folgt dann die Infanterie. Sie haben doch in den Wehrmachtsberichten bestimmt etwas über Panzerspitzen gehört? Die sind zuerst da! Und dafür haben wir die 7,5 mm. Die haun sogar in den T34 ein Loch.

Aber wir wollen gar nicht verteidigt werden, sagte Ursela wie zu sich selbst.

Die Dohna konnte sich nicht länger zurückhalten: Sie meinen die Pak-Geschütze? Oh, die sind schrecklich! Ich habe sie in Ostpreußen erlebt. Die können ganze Häuser in Trümmer schießen.

Das Schloß ist voll mit wehrlosen Frauen, protestierte die Hohenlohe in ihrem Rollstuhl.

Der General betrachtete sich und die aufgeregten Frauen im Wandspiegel. Wir werden uns hier nicht verteidigen, sagte er ruhig. Die Geschütze sollen nur unsern Rückzug decken.

Das ist es ja, sagte die junge Wetternich und versuchte ihre Erregung zu unterdrücken, das genügt ja schon. Sie wollen doch nicht, daß hier alles zerstört wird? Dieses Schloß, wissen Sie, es geht ja nicht allein um unser Eigentum, aber hier sind Museumswerte von nationalem Besitz! Das Schloß steht unter Denkmalschutz!

Nun war sie doch heftig geworden.

Der General stieß mit dem Stiefel den Stuhl weg, der dabei umkippte. Unsere Feinde haben das ganze Reich zerstört, sagte er scharf, Dutzende, nein, Hunderte solcher Schlösser, und größere, und kostbarere als dieses...

Ich hab doch gesagt, es geht dem Ende zu! Die alte Fürstin hob die Arme, und die Hermelin-Stola rutschte ihr von der Schulter. Mesdames et Messieurs! Heute abend feiere ich meinen Geburtstag, und Sie sind alle dazu eingeladen, heute abend im Roten Salon.

Ursela nahm ihre Großmutter in die Arme und wollte sie beruhigen. Die aber stieß sie weg. Alors, sagte sie, ich weiß, daß heute nicht mein 80. Geburtstag ist, aber den erlebe ich ja doch nicht mehr. Und dabei wollte ich noch meinen 90. Geburtstag feiern. Also feiern wir ihn heut abend, da wir noch leben!

Sie setzte sich und ließ sich von der Woronzoff erneut den Pelz auf die Schulter legen.

Wenn wir deinen achtzigsten feiern, sagte Ursela aus der Entfernung, dann wird schon Frieden sein. Wir machen ein großes Fest, Grandmaman! Ich verspreche es dir!

Wer wird uns denn zuerst besetzen, Herr General,

wer ist denn näher? Die Russen oder die Amerikaner? fragte die Baronin lauernd und griff vorsichtshalber nach ihrem Fläschchen Amylnitrit.

Noch sind wir da, sagte der General scharf. Und wir haben noch ein paar Trümpfe in der Hand. Die Lage kann sich über Nacht ändern. In Schleswig kommen jetzt die ersten V 3 zum Abschuß. Die können einen ganzen Stadtteil von London zerstören!

Ach, Gottchen! seufzte die Dohna.

Man soll sich nicht aufgeben, sagte die Boehme leise. Ich habe gehört, die Amerikaner werden am Schluß mit den Deutschen gegen die Bolschewiken kämpfen... Es hörte ihr aber keiner zu.

Drei Frauen berieten sich flüsternd am Tisch. Der Diener brachte frischen Tee in der Silberkanne.

Aber begreifen Sie nicht, es ist doch alles zu Ende! Ursela stand vor Galubke.

Champagner und Cognac für mein großes Fest! rief die alte Fürstin begeistert. Macht den Weinkeller auf! Es wird sowieso alles geplündert.

Die Woronzoff betupfte mit einem großen weichen Tuch das Gesicht der Fürstin, als behandelte sie eine Fieberkranke.

Aus der Gruppe der drei Frauen löste sich die Gräfin Posadowsky. Sie pflanzte sich direkt vor dem General auf. Herr General! Wir verlangen von Ihnen, daß Sie diese Geschütze, diese Kanonen da draußen vor dem Schloß abziehen!

Ja, es ist eine Forderung, ergänzte die Dohna.

Sie wollen doch nicht alle Frauen hier gefährden! jammerte die Schweinitz und schwenkte ihre Silbertasche. Wir haben schon genug Furchtbares erlebt, sind aus Ostpreußen und Schlesien vor den Russen davongemacht... haben alles verloren...

Die regierende Fürstin Wetternich saugte aus solchen Sätzen Mut. Sie versammelte alle Schärfe in ihrer Stimme: Ja, und als Herrin auf Königswald fordere ich Sie auf, das Schloß so bald wie möglich zu verlassen, samt Ihrem Waffen-Arsenal!

Der General unterbrach sie: Meine Damen, was soll das heißen? Sie haben hier überhaupt nichts zu fordern! Die oberste Militär- und Polizeigewalt, ja auch diese, übe ich hier aus, aufgrund einer rechtswirksamen Verordnung des Reichsführers SS Himmler! Nur damit das klar ist!

Er zündete sich eine Zigarette an und ließ absichtlich das brennende Streichholz auf den Teppich fallen. Alle starrten hin, wie es einen kleinen Brandfleck verursachte und erlosch. Niemand rührte sich. Ich könnte, setzte der General schrill fort, das ganze Schloß für Kriegszwecke beschlagnahmen lassen! Ich bin dazu befugt. Ich könnte Sie alle raussetzen lassen! Sie haben sich widerstandslos meinen Anordnungen zu fügen. Ich sage, widerstandslos! Seine Stimme war scharf, und die S-Laute zischten nur so.

Die Frauen blieben wie erstarrt, jede auf ihrem Platz. Der Woronzoff stieg vor Wut die Röte ins Gesicht. Die Wangenknochen hoben sich und traten hervor, die Augen verengten sich zu schmalen Schlitzen. Sie ging auf den General zu, blieb einen Meter vor ihm stehen, reckte ihre kleinen Fäuste nach oben, schüttelte sie und ließ sie, verzweifelt, wieder sinken.

Glauben Sie, meine Damen, meldete sich Galubke mit einer schleppenden Stimme, daß hier noch ein Stück erhalten bleibt, wenn erst die Bolschewiken kommen? Da bleibt kein Stein auf dem andern...

Die hoffen ja auf die Amerikaner..., sagte der General abfällig. Die Amerikaner – das ist ihre große Hoffnung. Das ist doch diesen degenerierten Gesichtern anzusehen, daß sie mehr Vertrauen zu den Amerikanern haben als zu den Deutschen...

Er tat so, als spreche er zu Galubke, aber alle hörten gebannt zu. Er blieb vor einer Vitrine stehen und nahm eine Vase, die er erregt in der Hand wog.

Adelspack! schrie er plötzlich und warf die Vase gegen die Wand, daß sie zersplitterte.

Nur die Woronzoff stieß einen Schrei aus. Den andern schnürte der Schreck die Kehle zu.

War doch das Adelspack, das unsern Führer am 20. Juli beseitigen wollte! Eine feine Gesellschaft! Der General stampfte die Runde der Frauen ab und sah jeder böse ins Gesicht. Untersturmführer, lassen Sie sich den Schlüssel für den Weinkeller geben! Heute abend machen wir einen drauf. Freier Schnaps für alle Soldaten!

Mit diesen Worten drehte er sich um und ging zur

Tür, die direkt vor ihm von Milka aufgerissen wurde. Sie hatte das Geräusch der zersplitternden Vase gehört und war herbeigeeilt. Der General schob sie einfach aus dem Weg. Galubke folgte ihm mit gesenkten Augen.

Die Woronzoff kniete auf dem Teppich und wimmerte.

Die alte Fürstin befreite sich aus der Umklammerung ihrer Enkelin und krächzte: Holt den Champagner aus dem Keller, bevor alles geplündert wird! Champagner für meinen 100. Geburtstag!

Die Baronin Schweinitz schniefte mit krebsrotem Gesicht an ihrem Fläschchen.

Die Dohna stieß mit den Stricknadeln spitze Löcher in die Luft. Man soll niemals aufgeben, dachte die Boehme. Vielleicht wendet sich noch alles zum Guten. Aber gleich eine der kostbaren Vasen zu zerschlagen, also das gehört sich einfach nicht!

Kommen Sie hierher! rief die Gräfin Hohenlohe Milka zu und zuckte mit dem Kopf nach rechts. Sie faßte nach ihr wie eine Ertrinkende nach der Retterin. Unverschämt! Unerhört! tobte sie in ihrem Rollstuhl.

Was ist denn passiert? wunderte sich Milka.

Deutsche wollen das sein... Barbaren sind das, Barbaren! zürnte die Posadowsky. Wir müssen was dagegen unternehmen. Wir müssen die SS verjagen!

Erbarmung, sagte die Dohna nur.

Zeit für die Ausfahrt, sagte Milka, sich ihrer Pflichten erinnernd. An die frische Luft!

Ja, gehen wir. Draußen erzähle ich Ihnen alles.

Der Diener Kurth ging wie in Zeitlupe durch den Salon, sammelte die Tassen ein und las dann bedächtig die Scherben vom Teppich, eine nach der andern.

3

Milkas Plan der Entführung war nicht mehr als ein spontaner Einfall gewesen, der ihr beim Anblick der Geschütze plötzlich draußen auf der Straße gekommen war. Jetzt, wo sie ihn in Einzelheiten entwickeln sollte, kam sie in Verlegenheit. Sie bettete die Gräfin vom Rollstuhl in den Polstersessel, stopfte die Kissen im Rücken zurecht, massierte ihr die Füße und holte aus der Küche heißes Wasser, um damit ein halbes Dutzend Wärmflaschen aufzufüllen – das alles beim Schein eines Talglichts. Sie war außer Atem und dehnte die Pausen zwischen den Sätzen, was die Gräfin nutzte, um das Angefangene, pauschal Entworfene zu ergänzen, auszubauen und zu perfektionieren. Ja, die Gräfin steigerte sich geradezu hinein, und am Schluß glaubte sie sogar, selbst auf die Idee gekommen zu sein. Für Milka war das nicht neu, es war ihr häufig so ergangen, und sie fand das auch in der Ordnung so, sie wurde schließlich auch dafür bezahlt. Und diesmal war es ihr auf eine besondere Weise recht, denn wenn sie diesen Plan den andern Frauen als ihren eigenen vortrüge, würden die sich erschreckt und entgeistert abwenden und sie nicht einmal bis zum Ende anhören. So aber ließ sie sich unter dem Vorwand, eine persönliche und geheime Mitteilung der Gräfin von Hohenlohe-Langwitz zu überbringen, bei Ihrer Durchlaucht der Fürstin Ursela von Wetternich anmelden, die sie auch sogleich empfing. Die Zurückhaltung bei der Begegnung schob Milka mehr auf das Geschehen während der Teestunde, als auf das gespannte Verhältnis, das sich zwischen ihnen bald nach der Ankunft auf Schloß Königswald entwickelt hatte. Die Fürstin hörte geduldig zu, ohne mit Worten oder Gesten zu unterbrechen oder auch nur mit einem irgendwie veränderten Gesichtsausdruck zu kommentieren. Am Schluß fragte sie nur: Warum gerade Galubke?

Dann gingen sie zusammen in den Südflügel, in das sogenannte Königszimmer, das die alte Fürstin bewohnte. Im Beisein ihrer Zofe, der Gräfin Woronzoff, schilderte Milka noch einmal das geplante Unternehmen, und angefeuert von den beiden Frauen, die ihre Rede mit Einwürfen, Kichern, Kopfnicken, Lachen und Händereiben zustimmend kommentierten, schmückte sie es in allen Einzelheiten aus. Sie ließ keinen Verdacht aufkommen, es könnte schiefgehen. Im Gegenteil.

Die Gräfin Posadowsky wurde geholt, die sich nicht nur geehrt, sondern auch begeistert darüber zeigte, daß man sie in diesem Dramolett, wie sie es nannte, mit einer heiklen und gefährlichen Rolle betraute. Gleichwohl bat sie um eine halbe Stunde Bedenkzeit und zog sich in ihr Zimmer zurück, weil sie, was sie öffentlich nicht eingestehen wollte, rasch ihr

Testament ändern mußte. Sie änderte alle vier Wochen ihr Testament, indem sie ihren Besitz immer wieder aufs neue zwischen ihren zahlreichen Neffen und Nichten aufteilte, und sie gefiel sich darin, mal diesen zu begünstigen, mal jene zu enterben. Und jetzt, da sie nichts mehr besaß, änderte sie ihr Testament jede Woche. Es war ein Spiel für sie, um zu vergessen, so, wie sie das Klavier traktierte. Zu vergessen, daß sie nichts mehr besaß.

Die alte Fürstin freute sich schon auf das Fest, denn bei einem Fest sollte die Entführung stattfinden. Da war ihr 80. Geburtstag gerade recht. Er wurde für den nächsten Tag beschlossen.

Irina Pawlowna, so nannte sie bei guter Laune ihre Zofe, das blaue Taftkleid muß es sein! Hängen Sie es über Nacht hinaus, damit es morgen nicht nach Mottenpulver riecht! Und Kurth soll alle Kerzenvorräte freigeben. Ich will das Schloß noch einmal im alten Glanz sehen!

Das wäre jedenfalls ein Anlaß, zu dem der General und seine Ordonnanz bestimmt erscheinen würden. Vor allem, wenn die junge Fürstin persönlich die Einladung überbrachte. Und die erklärte sich dazu bereit. Sie mußte sich überwinden, das ist wahr; denn sie würde es niemals vergessen, daß der General sie alle als *Adelspack* bezeichnet hatte. Zu Zeiten ihrer Großmutter wäre ein Mann, der gewagt hätte, so etwas zu sagen, mit Ruten ausgepeitscht worden.

Die Posadowsky sprach sich dafür aus, auch die

andern Frauen in das Unternehmen einzuweihen, denn es ging um Schloß Königswald und es ging um sie alle, und alle müßten dafür die Verantwortung tragen. Wenn nur eine von ihnen dagegen sei, sollte man lieber aufgeben. So fanden sich die Frauen vor dem Abendessen noch einmal im Königszimmer ein, und nach einem längeren Disput stimmten schließlich alle für den Plan, sogar die vorsichtige Freifrau von Boehme, die die zerbrochene Vase nicht vergessen konnte.

Milka hatte die Gräfin Hohenlohe zu diesem konspirativen Treffen gefahren, die sich nun weit nach links und nach rechts aus dem Rollstuhl lehnte, um die Bewunderung für ihren so schlau eingefädelten Plan entgegenzunehmen. Niemand zweifelte mehr am Gelingen dieses riskanten Unternehmens, das wie eine willkommene Abwechslung ihres bedrohten Alltags begrüßt wurde.

Die Dohna riet, die Einladung schriftlich zu fixieren und durch den Diener Kurth zu überbringen. Die Fürstin könnte nach der Entführung als Mitwisserin besonderen Repressalien ausgesetzt sein. Und sie setzte sich auch gleich hin und schrieb in neutralen Druckbuchstaben die Einladung für General Kolk und seinen Vertreter, den sie bequemerweise zum Leutnant Galubke beförderte. Aber sie konnten sich nicht einigen, ob sich der Leutnant Galubke nun mit b oder p schrieb.

Er könnte ja beleidigt sein und nicht kommen,

wenn sein Name nicht richtig geschrieben ist, sagte Milka. Und ohne Galubke keine Entführung.

Schließlich kam man überein, die Fürstin sollte in Begleitung der Gräfin Dohna und der Baronin Schweinitz noch heute abend dem SS-Stab die Einladung persönlich überbringen und dabei gleich die Stimmung auskundschaften. Milka und die Posadowsky wurden beauftragt, inzwischen den geheimen Vorratskeller hinter dem allgemeinen Keller so vorzubereiten, damit alles seinen ordentlichen Verlauf nehmen konnte. Die Posadowsky bat darum, vorher noch das zweite Nocturne spielen zu dürfen. Zwar war jetzt nicht die richtige Zeit dafür, doch sie war so nervös, daß man ihrem Wunsch zustimmte.

Aber bitte nur das zweite, drängte Ursela. Sie wollte alles hinter sich haben. Sie war zu neugierig, wie der General nach dem Zwischenfall heute nachmittag auf die Einladung reagieren würde. Und was würde Galubke für Augen machen?

Die Hohenlohe ließ sich in ihr Zimmer fahren. Ich warte auf Sie! flüsterte sie Milka im Verschwörerton zu. Sie konnte den nächsten Tag schon gar nicht mehr erwarten. Sie wollte die schwarze, an den Schultern mit Silberpailletten besetzte Jacke anziehen und die Ohrringe mit den australischen Opalen anlegen. Und jetzt wollte sie bis zur Rückkehr Milkas lesen. Zünden Sie beide Talglichter an, morgen kriegen wir neue!

Die Milka gab ihr Conrad Muschlers *Die Unbe-*

kannte aus der Seine. Sie hatte schon zweimal bei der Lektüre geweint. Den Schluß, sagte sie zur Milka, die sich den Mantel anzog, denn unten im Keller würde es kühl sein, den Schluß müssen Sie mir aber vorlesen!

4

So viele Lichter hatten schon lange nicht mehr auf Schloß Königswald gebrannt. Die Fürstin hatte alle Kerzenvorräte freigegeben und sogar aus einem Versteck einen Karton mit Windlämpchen hervorholen lassen, solche, die man im November zu Allerseelen auf die Gräber stellt – was man hier aber seit dem zweiten Kriegswinter nicht mehr getan hatte. Ursela ließ die Stearin-Lämpchen nach dem Essen verteilen, als schon die Kerzen auf den Leuchtern heruntergebrannt waren, und nun glühten diese in vielen Farben auf. Sie verbreiteten ein gedämpftes, changierendes Licht, das der Stimmung der Anwesenden im Grunde angemessener war. Kurth war damit beschäftigt, das Geschirr abzuräumen, und eine Ostarbeiterin, die sich sonst in der Küche versteckt hielt, half ihm dabei. Es war Swetlana, ein scheues Mädchen, das nur wenig deutsch sprach und Ursela wegen ihres Fleißes aufgefallen war. Sie schenkte ihr ein altes Kleid und erlaubte ihr, an diesem Abend ohne das häßliche Ost-Zeichen an der Brust herumzulaufen. Aber seltsamerweise bestand dieses Ukrainermädchen auf dem Zeichen wie auf einer Auszeichnung. Später erst erklärte sie Ursela darüber auf: dieses Ost würde ihr die Soldaten vom Leib halten.

Es hatte ein Fünf-Gänge-Diner gegeben, beinahe wie in Friedenszeiten. Da man ohnehin damit rechnete, die Besetzer – ob nun Deutsche, Russen oder Amerikaner – würden alles beschlagnahmen oder plündern, wurde auch die *eiserne Ration* freigegeben, die für Notzeiten gedacht war. Nun war die Notzeit da.

Milka half, wo sie konnte. Gerade goß sie den Damen den Champagner nach, der auf der Terrasse kaltgestellt worden war, und den Herren Soldaten in ihren schwarzen Uniformen französischen Cognac in die Gläser. Der General war mit zwei Offizieren und einem blutjungen Adjutanten erschienen. Er sagte, als Milka an ihm vorbeiging, Sekt sei etwas für gewisse Stunden mit gewissen Damen in gewissen Etablissements. Worauf Milka ihm einen Blick zuwarf, daß er den Satz nur noch im Flüsterton zu Ende brachte. Die Frauen hatten es so eingerichtet, daß sie über den Tisch hinweg miteinander in lautem Disput standen, um nicht mit den SS-Leuten in private, gar intime Gespräche verwickelt zu werden. Die Gräfin Dohna schwärmte wie ein junges Mädchen von Paris. Die alte Fürstin stritt mit der Posadowsky über Bach und Chopin. Bach war ihr Lieblingsthema. Die Schweinitz erklärte das komplizierte Entlüftungssystem ägyptischer Grabkammern, und die Boehme beschrieb die Vorzüge der Schlesischen Lotterie gegenüber dem französischen Roulette-Spiel.

Als sich Galubke neben Ursela setzte und sie höflich, aber auch eindringlich nach ihren weitverzweigten Verwandtschaften ausfragte, durchlief es die junge Wetternich heiß und kalt. Sie redete, um ihn nicht ansehen zu müssen, und sah ihn an, während er mit seinem schleppenden Tonfall sprach. Sie ließ sich eine Zigarette anbieten. Aber anzünden – das tat sie selber, um deutlich ihre Distanz zu zeigen.

Alors, ich sage nur Bach, sagte die Fürstinmutter. Ich könnte immer nur Bach hören, nichts als Bach.

Wir waren früher regelmäßig einmal im Jahr in Paris, sagte die Gräfin Dohna und klapperte mit einem halben Dutzend Armbändern, meistens im Oktober; im Oktober ist Paris am schönsten.

Also, wie ich schon sagte, das war eine bunte Schar von Narren und Bettlern und Fanatikern, die dem Wunderpopen folgte, und der behauptete, winzig kleine schwarze Steine wiesen ihm den Weg, aber niemand außer ihm konnte diese schwarzen Wundersteine sehen. Die Woronzoff lockerte ihren Schutenhut beim Erzählen. Und er machte überall neue Proselyten.

Bitte was? fragte die Baronin und atmete schwer. Das Kleid war ihr einfach zu eng.

Nein, wissen Sie, Mozart – das ist etwas für den Süden. Und Chopin für Paris. Und für gewisse polnische Grafen, die sich häufiger in Biarritz aufhielten als auf ihren Landgütern... Das ist doch manchmal eine sehr leichtsinnige Musik, das müssen Sie zugeben. Fast frivol.

Aber die Posadowsky wollte das ganz und gar nicht zugeben.

Das letzte Mal waren wir im Oktober 1943 in Paris, sagte die Dohna, es war eigentlich noch schöner als früher, die Stadt war leer, die Straßen sauber, die Züge fuhren pünktlich, und keine Bettler in der Metro...

Ich war nur einmal in Paris gewesen, sagte die Boehme durch die Serviette hindurch, mit der sie sich die Lippen abtupfte. Sie hatte zweimal von der Himbeerspeise genommen. Jetzt schämte sie sich, nur einmal in Paris gewesen zu sein. Ich hab nicht viel gesehen, warf sie schüchtern ein. Mein Mann liebte diese kleinen Theater, und ich mußte immer mit ihm in diese kleinen Theater gehen, wie hießen sie denn noch...?

Vaudeville, warf die Hohenlohe ein. Sie hatte eine Menge über Paris gelesen.

Die Boehme nickte dankbar, allerdings in die andere Richtung. Sie war dabei, den General zu einem Spiel in der Schlesischen Lotterie zu gewinnen.

Alors – damit Sie mich nicht mißverstehen. Natürlich ist Mozart ein großer Komponist. Aber das ist schon Neapel. Haydn ist mir da lieber. Das ist Wien, das ist Eisenstadt, das ist Königswald. Chopin, das ist nichts als Metropole. So ist es doch, nicht wahr, Irina Pawlowna?

Ich habe so viel über Paris gelesen. Den ganzen Balzac, sagte die Hohenlohe fast gequält in ihrem

Rollstuhl. Ich kenne mich in den Salons und Theatern, in den Restaurants und Redaktionsstuben aus, in denen der junge Lucien de Rubempré verkehrte. Aber bin selbst nie nach Paris gekommen. Man ist nur ein halber Mensch, wenn man sich nicht bewegen kann.

Mir macht das überhaupt nichts aus, immer wieder die gleichen Stücke zu hören, schwärmte die Fürstinmutter. Ganz im Gegenteil. Ich freue mich, wenn ich eine Melodie wiedererkenne, und höre dann genauer hin. Bei Rachmaninow, den Sie ständig spielen, denk ich, es ist immer ein anderer. Alors, ich bin nicht für das Neue. Im Grunde, seien wir ehrlich, hat es in der Musik seit Bach nichts Neues mehr gegeben!

Die Posadowsky war hin- und hergerissen. Zwischen Bach und Paris. Ich spiele Chopin einfach sehr gern, sagte sie zu der einen Seite, für mich ist seine Musik überhaupt nicht frivol, sondern melancholisch, traurig, schwermütig. Und zur andern Seite: Krakau ist genauso schön wie Paris, ich meine nicht allein den Wavel, ich meine die alten Straßen, die hübschen kleinen Läden und die traurigen Cafés. Und bis Krakau hatte ich nur eine Stunde.

Sie fand, daß sie das sehr schön gesagt hatte.

Sie hat recht, warf die Hohenlohe erfreut ein und kurvte zur anderen Tischseite. Wir waren oft in Krakau, nicht wahr, Milka? Am Anfang des Krieges war es noch schön. Der Kuchen in den Cafés, der konnte in Wien nicht besser sein. Und der Karpfen in süßer

Soße! Und Fischpiroggen! Es war wie in der Vorkriegszeit! Man mußte nur Reisemarken haben.

Aber Milka interessierte sich jetzt weniger für Krakau als für Galubke. Denn bald war es soweit. Sie warf der Posadowsky einen vielsagenden Blick zu.

Wenn der Krieg zu Ende ist, sagte die Dohna, wird meine erste Auslandsreise Paris sein. Wer weiß, wie die Stadt heute aussieht. Die Amerikaner haben sie bombardiert, wie furchtbar, eine Stadt wie Paris... Die unsern haben sie geschont, die Deutschen haben sie 1940 als offene Stadt erklärt. Ich wünschte, wir könnten irgendwie dieses Königswald als offene Gegend erklären.

Man konnte es deutlich ihrem Gesicht ansehen, wie sehr sie es sich wünschte.

Dann brach die Revolution aus, setzte die Woronzoff fort, und viele Anhänger des Wunderpopen verließen ihn, weil sie glaubten, dieser Lenin, der allen Armen Brot und Wodka versprach, sei der neue Messias. Und der Pope sammelte wieder ein paar Leute um sich, es mußten mehr als vierzig sein, und mit ihnen zog er weiter bis zum Schwarzen Meer.

Die Baronin hörte viel lieber der Woronzoff und ihrer Geschichte des Wunderpopen zu. In Paris war sie ja niemals gewesen. Aber in Luxor. Und sie war mit einem Nubier am Abend in einem Boot auf dem Nil gesegelt, und der Mond hing über dem tiefblauen Horizont. Es war wie das Bühnenbild zur *Aida* in der Breslauer Oper gewesen.

Der Boehme war es endlich gelungen, den General an ihren Spiegeltisch zu locken. Und wie es aussah, schien er an der Schlesischen Lotterie Vergnügen zu finden. Er legte abwechselnd einen Schein auf den Tisch und nahm einen Schluck aus dem Cognac-Glas.

Ursela hatte schon Zweifel über den Ablauf des Unternehmens gehabt. Denn der General war ziemlich wortkarg gewesen und hatte auch nur wenig getrunken. Und es war an der Zeit, daß Galubke sich auch einmal mit andern als nur mit ihr unterhielt. Es mußte ja geradezu auffallen. Auf der andern Seite hörte sie diesem Menschen gern zu, der sich für eine Sache entschieden hatte und mit dieser Sache untergehen wollte, auch wenn sie nicht recht wußte, was er unter dieser Sache verstand. Es war jedenfalls nicht der Hitler, soviel bekam sie heraus. Und das beruhigte sie. Aber nun war es besser, die Unterhaltung zu unterbrechen, der Plan mußte weiterverfolgt werden. Sie entschuldigte sich, sie müsse aufs Privé. Es war keine Ausrede, sie mußte wirklich dorthin. Sie nahm ein Talglicht und überquerte den dunklen Flur. Im Klosett gab es nur Zeitungspapier; die Spülung war kaputt und sie mußte mit einem Eimer Wasser nachgießen; das Fenster hatte einen Sprung; von draußen waren die dumpfen Explosionen zu hören: das brachte sie wieder in die Gegenwart zurück.

5

Als Ursela zurückkam, blieb sie wie angewurzelt in der Tür stehen. Es war, als begriffe sie erst jetzt das Geschehen: Königswald von der SS besetzt, die Russen näherten sich von der einen, die Amerikaner von der andern Seite, der elektrische Strom seit zwei Tagen ausgefallen, ebenso das Telefon. Und hier im Roten Salon wurde ein Fest gefeiert, wie es prächtiger, sorgloser und ausgelassener nicht in Friedenszeiten hätte gefeiert werden können.

Das Grammophon spielte eine Polonaise.

Woher hatten die Damen nur die eleganten Kleider? Die meisten von ihnen waren als Flüchtlinge mit einem Koffer oder einer Truhe angekommen oder gar nur mit einem Rucksack und einer Handtasche. Jetzt waren sie gepudert und geschminkt, hatten Schmuck angelegt, einige sogar fesche Hüte aufgesetzt – Ursela schien es, als blicke sie auf eine Bühne.

Sie nickte zum Spiegeltisch hin, um den eine Gruppe Spieler herumstand, die Boehme hatte alle Hände voll mit der Schlesischen Lotterie zu tun. Die Gräfin Dohna hatte ihren geretteten Schmuck angelegt, Ringe, Ketten, Armbänder, zwei Ohrringe an jedem Ohr, und wenn sie sich bewegte, tönte sie wie ein

Schellenbaum. Die Posadowsky trug an einer silbernen Kette eine kleine Ikone, die in einem feingeschmiedeten silbernen Behälter eingeschlossen war. Die Schweinitz saß wie eingeschnürt in ihrem zu engen gelben Ballkleid und wagte nicht, sich zu bewegen. Die Woronzoff trug einen weißen Schutenhut, als ob sie sich für einen Ausflug nach Zarskoje Selo vorbereitete. Die Fürstinmutter gestikulierte lebhaft mit den Händen, ihr weißes Haar war oben zu einem kleinen Turm hochgeflochten, auf den blauen Taftschärpen waren in Brusthöhe zwei rote Stoffrosen festgemacht – sie sah aus, als würde sie erst ihren 70. Geburtstag feiern.

Wer hatte nur das Grammophon aus der Kommode hervorgeholt? Sie selbst hatte schon vor einigen Tagen alles bereitgelegt: die Polonaise von Tschaikowski obenauf, wenn die Russen kämen. Und darunter den Kaiserwalzer von Strauß, für die Amerikaner. Sie hatte nicht daran gedacht, daß man diese Platten vorher abspielen und sogar nach der Musik tanzen würde. Und jetzt sah es ganz so aus, denn der junge Adjutant – der immer lachte, weil er so jung war oder so jung aussah, weil er immer lachte – versuchte gerade mit Milka die ersten unbeholfenen Polonaise-Schritte.

Ursela ging zum Kamin, vor dem die Großmutter mit der Posadowsky Platz genommen hatte, und legte ihr beruhigend die Hand auf die Schulter. Wirklich gute Musik kann man nicht tanzen, sagte diese zur Posadowsky. Die deutschen Tänze von Beethoven, also ich bitt Sie! Die Posadowsky nickte nur. Sie wollte jetzt nicht widersprechen. Sie sah angestrengt zur Milka hin. Jetzt müßte es bald losgehen. Sie jedenfalls war dazu bereit. Vor Aufregung knackte sie mit den Fingern.

Grandmaman, sagte Ursela, ist es nicht Zeit für dich, zu Bett zu gehen? Ihr war es lieber, die alte Fürstin würde nicht anwesend sein.

Mais pourquoi? schnarrte diese. Vor Mitternacht kriegt ihr mich hier nicht raus. Außerdem ist mir Anna noch eine Antwort darauf schuldig, warum sie immer Chopin spielt.

Die Posadowsky war schon ganz auf ihre Rolle konzentriert. Sie machte nur eine Handbewegung und sagte schnell: O ja, das kann ich Ihnen begründen. Nur jetzt nicht. Ich denke, jetzt ist es ein bißchen spät dafür...

Das Grammophon spielte die Polonaise aus *Eugen Onegin*.

Scarlatti? rief die alte Fürstin. Sie müssen Scarlatti spielen, Anna! Man lernt alles bei Scarlatti! Die Katzenfuge. Kennen Sie die Katzenfuge? Ach, wenn meine Hände nicht so gichtig wären, würde ich jetzt noch einmal die Katzenfuge spielen.

Die Posadowsky hörte nicht mehr zu.

Aber Maman, sagte Ursela und umarmte ihre Schwieger-Großmutter. Dann steuerte sie auf Galubke zu. Jetzt war sie dran.

In diesem Augenblick trat der General ihr in den Weg und machte ein paar tänzerische Bewegungen. Er hatte in der Schlesischen Lotterie verloren und war ärgerlich über sich selbst, daß er sich überhaupt darauf eingelassen hatte. Dennoch sah er jetzt weniger streng aus als in den letzten Tagen. Die oberen Knöpfe seiner Uniform waren geöffnet. Das Haar klebte ihm verschwitzt in der Stirn. Darf ich bitten! forderte er Ursela zum Tanz auf.

Im Hintergrund stolperte der Adjutant mit Milka herum. Der Leutnant Galubke langweilte sich und kippte ein Glas nach dem andern, das ihm die Posadowsky immer wieder nachfüllte. Ursela preßte die Lippen zusammen. Sie hätte sonst auflachen müssen. Gestern wollte der General sie noch alle aus dem Schloß werfen. Und jetzt, beim Schein der Kerzen und Lampions, beim Blitzen der Wandspiegel, bei einer russischen Polonaise, sagte dieser Mann zu ihr: Darf ich bitten.

Den ersten Tanz habe ich dem Leutnant versprochen. Der nächste ist für Sie, mon General, sagte sie mit einem kalten Lächeln und entschlüpfte ihm. Mit drei Schritten war sie bei Galubke. Ich habe mein Wort gehalten, Herr Leutnant! sagte sie und zwinkerte ihm zu. Mein erster Tanz mit Ihnen!

Galubke hatte sich gelangweilt und dem Adjutanten beim Dahinstolpern zugesehen und überlegt, ob er es nicht auch einmal versuchen sollte. Nun war er überrascht. Er konnte sich an ein Versprechen nicht erinnern. Er setzte das Cognac-Glas ab und verbeugte sich förmlich vor der jungen Fürstin. Also, wenn er das zu Hause erzählen würde, daß er mit der Fürstin Wetternich-Königswald getanzt habe! Niemand würde es ihm glauben.

Aber die Musik war zu Ende.

Die Posadowsky lief zum Grammophon und legte den Kaiserwalzer auf.

Nur keine Unterbrechung!

Nur keine Pause!

Ursela und der Leutnant absolvierten ihre Drehungen. Galubke schwankte ein wenig. Und eigentlich war es Ursela, die ihn führte. Milka sah es mit Befriedigung. Sie überlegte, wem sie den stolpernden Adjutanten überlassen sollte. Es kam ja wohl nur noch die Gräfin Dohna in Frage, denn die Schweinitz hatte Angst um ihr gelbes Ballkleid.

Das sollten Sie sich unbedingt ansehen. Und zwar heute noch! rief Ursela gutgelaunt dem Leutnant zu, während sie den Schritt wechselte. Man sagte mir, daß Sie sich dafür interessieren.

Heute wohl nicht mehr, sagte Galubke. Er stieß ungelenk einen Stuhl um.

Die Gräfin Posadowsky wird es Ihnen zeigen, sagte sie. Ich würde es selbst gern tun, aber Sie sehen, ich muß mich auch noch um die andern Gäste kümmern. Sie war erhitzt, und ihre Wangen brannten.

Die Fürstinmutter zog den General in ein so intensives Gespräch, als ob auch sie unbedingt an dem

Komplott beteiligt sein wollte. Ein Soldat trat ein und brachte dem General ein Schreiben. Niemand achtete zunächst darauf. Bis der General sich erhob und etwas sagte, was in der Musik unterging. Da ging er zum Grammophon und hielt einfach mit drei Fingern die Platte an. Die Musik jaulte. In die so plötzlich eingetretene Stille sagte er ernst: Ich bekomme gerade die traurige Nachricht, unser Führer und Reichskanzler Adolf Hitler lebt nicht mehr. Er ist an der Spitze seiner Truppen beim Kampf um Berlin gefallen.

Erbarmung, seufzte die Gräfin Dohna laut.

Pjerunnje bei Gleiwitz, entfuhr es der Milka.

Ist das wahr? Unser Führer? Tot!? Ist das wirklich wahr? zitterte die Baronin von Schweinitz und griff vorsichtshalber nach ihrem Amylnitrit-Fläschchen. Sie wollte es nicht glauben.

S'il vous plait, eine schöne Trauermusik! jubelte die alte Fürstin. Gluck vielleicht? Der Reigen seliger Geister? Nein – den Mephisto-Walzer!

Die Hohenlohe lenkte ihren Rollstuhl zum General. Das ist das Ende! sagte sie kühn. Geben Sie auf, Herr General!

Aber ich bitte Sie, gnädige Frau, sagte der General, ich bin ein deutscher Offizier und an meinen Eid gebunden. Bis in den Tod!

Er ließ die Schallplatte los, und der Kaiserwalzer ging weiter, auch wenn jetzt keiner mehr so richtig zuhören mochte. Der General faltete das Papier zusammen und steckte es in die Tasche. Er ging zum Tisch, schnupperte an den Gläsern und hatte, endlich, sein eigenes gefunden. Er goß es bis zum Rand voll mit Cognac.

Aber Hitler ist tot, insistierte die Hohenlohe.

Der General nahm einen tiefen Schluck, als ob er sich betäuben wollte. Dann schrie er: Untersturmführer! Und als der zu ihm kam, prostete er ihm zu. Die beiden Männer standen sich stumm gegenüber. Jetzt ist Polen offen, sagte der General nach einer Weile ratlos.

Die junge Wetternich näherte sich den beiden Soldaten. Meine Herren, sagte sie, eine Verteidigung ist sinnlos geworden. Wäre es da nicht besser, Sie würden die Geschütze abziehen, noch heute nacht?

Die Dohna klimperte mit ihrem Schmuck heran: Ergeben Sie sich den Amerikanern! Die achten wenigstens die Genfer Konvention, da werden Sie ehrenhaft behandelt. Sie glaubte wirklich, diesen Herren einen Rat schuldig zu sein.

Der General schob die Gläser auf dem Tisch zusammen wie eine Barriere gegen die Frauen. Kapitulation gibt es für einen deutschen Soldaten nur in einer ausweglosen Situation. Noch sind wir nicht soweit. Wie heißt doch ein deutsches Sprichwort: Wo Gefahr ist, wächst das Rettende auch.

Wir sind verloren, jammerte die Boehme. Ich vergifte mich. Ob Amerikaner oder Russen – Deutschland ist als Kulturvolk verloren.

Die Schweinitz überlegte, ob sie nicht in der Nacht das Schloß verlassen und den Amerikanern entgegengehen sollte. Sie erhob sich und platzte fast in ihrem engen Ballkleid. Da gab sie den Plan wieder auf.

Das Abendland geht unter, Europa geht zugrunde, sagte die alte Fürstin düster. Ich sage nur: Spengler!

Milka wollte nicht daran glauben. Außerdem mußte jetzt die Entführung stattfinden. Und zwar Knall auf Fall! Sie machte der Posadowsky und der Fürstin ein Zeichen. Die Gräfin ging sogleich zu Galubke und führte ihn zur Seite, wobei sie auf ihn einflüsterte. Die Fürstin dagegen rührte sich nicht von ihrem Platz.

Die Barbaren kommen, sagte der General tonlos, die Steppenmenschen. – Wir werden bis zum Ende unsere Pflicht tun! sagte er danach stockend – bis zum Ende.

Das Rettende für uns wäre, nahm die Dohna den Faden wieder auf, wenn Sie, Herr General, mit Ihren Leuten und den Geschützen in Richtung Karlsbad marschieren und die Russen wenigstens für ein paar Stunden aufhalten würden – bis die Amerikaner hier sind!

Der General wollte sich nicht anmerken lassen, daß er betrunken war, aber es war nur zu offensichtlich. Im Grunde war er seit zwei Wochen jeden Abend betrunken. Seitdem sie immer aussichtsloser auf dem Rückzug waren. Aber heute war alles noch viel schlimmer.

Untersturmführer! Folgen Sie mir zur Lagebesprechung! befahl er und stieß mit der Zunge an.

Aber der Untersturmführer Galubke hatte, von den beiden Frauen in die Mitte genommen, gerade den Salon durch eine andere Türe verlassen.

6

Der General liebte Witze. Alle Generale lieben Witze, und dieser General, der nur Obersturmbannführer war, machte keine Ausnahme. Jeden Morgen beim Frühstück ließ er sich einen Witz erzählen. Die Zeiten waren so, daß man allenfalls noch am Morgen lachen konnte, kamen erst einmal die Nachrichten durch, war es mit dem Lachen für den ganzen Tag vorbei. In der Regel erzählte Untersturmführer Galubke einen Witz. Dabei gehörte er zu jenem Typus, dem niemals ein Witz einfällt. Er mußte immer in der Truppe herumhorchen und sich einen erzählen lassen. Der General bestand auf Galubke, weil der nie sein Gesicht verzog. Nur selten kam es vor, daß Galubke den Hauptscharführer hinschickte, dem General den Witz zu erzählen. Der General lachte selten, aber wenn der Hauptscharführer erzählte, lachte er nie. Der General war auch schon mißtrauisch, als der Hauptscharführer mit seinem Witz begann: Zwei Berliner werden gefragt, was sie denn nach dem Krieg tun werden? Da sagt der eine: Ich werde nur waschen! Und der andere: Ich werde nur aufhängen!

Der General biß die Zähne zusammen. Er war mit heftigen Kopfschmerzen aufgewacht, die ihn an das nächtliche Fest zum Geburtstag der alten Fürstin erinnerten. Der General konnte in der Tat nicht lachen. Galubke! schrie er. Und als sich nichts rührte, noch einmal: Untersturmführer Galubke! Und dann fast flehend: Galubke!

Der Hauptscharführer war, nachdem er den Witz heruntergehaspelt hatte, nach draußen gegangen. Jetzt kam er zurück mit einem Stück Papier, das er dem General auf den Tisch legte. Die großen ungelenken Buchstaben stachen dem General in die Augen. Er begann sofort zu lesen, während er einen hartgewordenen Keks in den Tee tunkte. Der General las und las. Und dann begann er tatsächlich zu lachen. Es war der beste Witz, der ihm seit Wochen untergekommen war. Galubke! schrie er. Aber dann dämmerte ihm, daß es in dem Schreiben um Galubke ging. Also las er noch einmal:

WIR HABEN IHRE ORDONNANZ GALUBKE ALS
GEISEL GENOMMEN WIR GEBEN IHN ERST FREI
WENN SIE MIT DEN KANONEN ABZIEHEN
UND DAMIT DAS SCHLOSZ VOR DER ZERSTÖRUNG
BEWAHREN
DIE FRAUEN VON KÖNIGSWALD

Galubke! zischte der General zwischen den Zähnen hervor. Galubke war tatsächlich verschwunden. Seit dem Fest hatte ihn niemand mehr gesehen. Sein Bett war unberührt, wie der General sich persönlich überzeugte.

Erschießen! schrie er den beiden SS-Leuten zu, die ihn begleitet hatten. Er hielt das Papier noch immer in der Hand und fuchtelte damit in der Luft herum. Erschießen! Alle diese diversanten Adelsweiber aus dem Schloß holen und an die Wand stellen!

Aber an den Gesichtern der Soldaten konnte er erkennen, daß keiner seiner Aufforderung folgen würde.

Hauptscharführer Kranzer, befahl er, nehmen Sie ein paar Leute und durchsuchen Sie das ganze Schloß, jedes Zimmer, jeden Raum, jedes Klo und jede Kammer, von oben bis unten, vom Speicher bis in den Keller. Und nehmen Sie keine Rücksicht, auf nichts und niemanden! Dieses Adelspack... will immer bei den Siegern sein. Jetzt, auf einmal, wolln sie mit uns nichts mehr zu tun haben. Aber die krieg ich klein, die krieg ich noch klein...

Er war erregt, er knöpfte seine Uniformjacke zu und wieder auf. Er dachte an das Fest und ließ in seinem Kopf einen Film mit den Gesichtern der Frauen ablaufen. Wer von ihnen hat sich wohl diesen albernen Scherz ausgedacht? Aber dann stieg noch ein anderer Verdacht in ihm auf. Sein Gesicht wurde zur Grimasse. Aber nicht nur deshalb, weil er gerade einen Schluck von dem kalten Tee genommen hatte. In diesen Zeiten mußte ein Soldat stets damit rechnen, die Suppe nicht mehr zu Ende löffeln zu können. Aber von den Adelsschabracken, die sich nie in ihrem Leben jemals die Hände schmutzig gemacht haben, von denen wollte er sich nicht einmal das Frühstück verderben lassen!

Er war damit noch nicht zu Ende, als der Hauptscharführer mit seinen Leuten zurückkam. Der berichtete, daß sich die Frauen im Flur aufgestellt hätten wie eine lebende Mauer und die alte Fürstin erklärt habe, sie würde niemandem erlauben, ihre privaten Räume zu betreten, außer dem General persönlich. Und wenn es jemand gewaltsam versuchen sollte, würde sie die Oberste Heeresleitung informieren, die Wetternichs hätten noch immer die besten Verbindungen zu hohen und allerhöchsten Stellen.

Wie der Mann das sagte, machte er den Eindruck, als glaubte er das auch.

Der General ging auf und ab. Dazwischen griff er zur Tasse und schlürfte den kalten Tee. Er war ein tapferer Soldat und hatte bei Woronesch einen Brükkenkopf über den Don gebildet, dafür war er mit dem EK II und EK I ausgezeichnet worden; beim Rückzug in Polen hatte er bei Lysa Góra eine Paßstraße verteidigt, über die mehrere Kompanien Soldaten zurückweichen konnten, dafür war er für das Ritterkreuz vorgeschlagen worden (und wartete nun schon seit drei Monaten auf die offizielle Verleihung). Doch wie er gegen sieben adlige Frauen kämpfen sollte, das hatte ihm niemand beigebracht. Er ließ einen Zug Soldaten antreten und singend im Schloßhof auf und ab marschieren. Er hoffte, das würde die Frauen einschüchtern.

Nach einer Weile erschien der Diener in grauer Livree und weißen Handschuhen und überbrachte die Mitteilung, Ihre Durchlaucht würden den Herrn General zu einem Gespräch in die Bibliothek bitten, mehr als zwei Begleitpersonen seien jedoch nicht erwünscht.

Am liebsten hätte der General den Diener gleich verhaften und füsilieren lassen. Dabei war ihm der alte Mann noch am Vortag zu Diensten gewesen. Er hatte aus den Vorratskellern des Schlosses zwei Kisten Cognac für seine Leute herausgeschmuggelt – wenn auch für ein ordentliches Handgeld.

Der General sagte schließlich wütend zu, in einer Stunde zu kommen. Er wollte die Adelsweiber warten lassen. Meine Orden, sagte er zum Hauptscharführer Kranzer. Ich werde meine Orden anlegen! – Ein Jammer nur, daß das Ritterkreuz noch nicht dabei war.

Er gab Anordnung, Funkkontakt mit Regensburg aufzunehmen. Oder Bayreuth. Er hoffte, der Krieg würde noch so lange dauern, bis die offizielle Verleihung des Ritterkreuzes an Obersturmbannführer Karl Otto Kolk erfolgt war. Vielleicht sogar zusammen mit einer Beförderung zum Standartenführer? Ritterkreuz war Ritterkreuz, auch wenn der Krieg verloren war.

Der Funker brachte die Nachricht, die Amerikaner hätten kampflos die Stadt Plan erobert. Die Russen stießen von Karlsbad aus bei geringem Widerstand weiter in Richtung Petschau vor, das bedeutete auf Königswald zu. Der Obersturmbannführer beugte sich über die Karten. Es war nur noch eine Straße frei in Richtung Tirschenreuth. Die könnte auch schon in ein paar Stunden besetzt sein. Er erörterte mit Sturmscharführer Nimswald die Lage. Der machte mehrere Vorschläge. Er wies auf dies und auf jenes hin. Er gab Erklärungen ab. Der General merkte, wie sehr ihm der Untersturmführer fehlte. Galubke redete nicht viel. Er hatte immer eine Lösung. Und es war meistens die richtige.

Er ließ die Soldaten aus dem Schloßhof zurückziehen. Sie hatten sich ohnehin schon heiser gesungen. Dann begab er sich sich mit Kranzer und Nimswald in die Bibliothek.

Dort waren die Frauen bereits versammelt. Sie saßen in einem Halbkreis zusammen, in der Mitte, ein wenig vorgerückt, die alte Fürstinmutter. Dazwischen der große ovale Tisch. Er war wie eine Barriere. Und auf dem Tisch nur eine Vase mit einem Strauß gelber Tulpen, von Ursela selbst geschnitten. Die Frauen trugen dunkle Kleider. Die Woronzoff hatte sogar einen schwarzen Schutenhut aufgesetzt. Und Milka hatte sich eine schwarze Krawatte umgebunden. Sie rauchte eine Zigarre. Sie blies weiße Ringe in die Luft. Die Boehme hielt ihren schwarzen Persianermuff vor sich wie ein Schutzschild.

Der General spürte beim Eintreten das eisige Schweigen im Raum. Er blieb mit seinen Begleitern in einiger Entfernung stehen und musterte die Gesichter der Frauen. Er hätte für seinen Gegenangriff gern gewußt, wer hier die Anführerin war. Sie aber blickten zu Boden oder zur Decke oder einfach auf ihre Hände. Nur Milka sah ihm direkt ins Gesicht und stieß Rauch aus.

Gelungener Scherz! Der General versuchte es jovial. Kolossaler Scherz. Meinen Adjutanten – wie heißt das – kidnappen! Amerikanische Methoden, wie? Aber die Amerikaner sind noch nicht da.

Er lachte gekünstelt und sah sich nach den Begleitern um. Die waren zum ersten Mal in der Bibliothek und schienen von dem hohen prunkvollen Raum eingeschüchtert. So – und nun lassen Sie ihn mal wieder frei und wir wollen den Scherz vergessen, jawohl?

Das Schweigen schluckte seine Worte wie ein schalltoter Raum.

Die Gräfin Posadowsky knackte mit den Fingern. Die Gräfin Hohenlohe blätterte in ihrem Buch. Die Baronin Schweinitz schwenkte ihre Silbertasche. Die Freifrau von Boehme zog ein Futteral aus dem Muff, öffnete es und entnahm eine Brille, sie hauchte auf die Gläser, rieb daran mit einem Taschentuch, klappte die Brille zusammen und steckte sie wieder ins Futteral. Alle sahen ihr zu. Sogar der General.

Es scheint so, sagte er jetzt streng, daß Sie mich nicht verstehen wollen. Er wechselte das Standbein. Ich muß Ihnen mitteilen, daß ich hier als Kriegskommandant die Oberste Gewalt ausübe, und ich verlange die sofortige Auslieferung des Untersturmführers!

Die Gräfin Dohna zog hinter ihrem Rücken das Strickzeug hervor und klapperte mit den Nadeln. Die Gräfin Woronzoff machte Schleifen aus den Bändern ihres Schutenhutes und löste sie wieder auf. Die junge Fürstin hielt ein Taschentuch mit einer Spur von *Supreme* unter ihre Nase. Die alte Fürstin verschränkte ihre Arme über der Brust. Es sollte eine Herausforderung sein. Es lag an dem Blumenstrauß, der sich genau zwischen ihr und dem General befand, daß er die Alte nicht sah. Milka paffte. Zwei Ringe schwebten in die Höhe.

Der General wechselte wieder das Standbein. Das Schweigen der Frauen machte ihn unsicher. Und wieder stieg der Verdacht in ihm auf. Ja, er wurde ihm fast zur Gewißheit. Galubke hat sich abgesetzt! Mit Wissen dieser Frauen. So etwas passierte in diesen Tagen überall. Er hatte seit Komotau elf Soldaten auf diese Weise verloren. Von Galubke hätte er das nie gedacht. Das Ganze also nur ein Bluff der Frauen? Er würde es ihnen zutrauen. Dann könnte er tatsächlich das ganze Schloß durchsuchen lassen und würde zu deren Schadenfreude nichts finden.

Ich stelle Ihnen ein Ultimatum, sagte er scharf. Wenn nicht in einer halben Stunde der Untersturmführer unversehrt, ich sage: unversehrt, freigelassen ist, lasse ich das Schloß mit den Paks in Brand schießen!

Er wechselte wieder das Standbein. Er wechselte es so oft, daß er schon fast tänzelte. Er wartete auf die Wirkung seiner Worte. Aber nichts geschah. Die Dohna strickte weiter. Die Hohenlohe plazierte ihre Wärmflaschen um. Die Posadowsky knackte weiter mit den Fingern. Die Boehme packte erneut ihre Brille aus und setzte sie nun auch auf. Die Woronzoff schnürte ihren Schutenhut fester. Die junge Fürstin steckte das Taschentuch weg. Milka saugte unverdrossen an ihrer Zigarre.

Verstanden! schrie der General. Haben Sie verstanden?! Er drehte sich um und verließ rasch mit den beiden Soldaten die Bibliothek. Als die Tür hinter ihnen zuschlug, konnte die Schweinitz endlich in Ohnmacht fallen. Ursela sprang erleichtert auf. Die Handtasche! rief sie, das Riechfläschchen!

Jessas! Posadowsky ging mit kurzen Schritten auf und ab, um die Spannung aus ihrem Körper loszuwerden. Die Hohenlohe zuckte erbarmungswürdig mit dem Kopf nach rechts.

Ach, Gottchen! Erbarmung! Die Dohna ließ ihr Strickzeug fallen.

Alors, sagte die alte Fürstin erleichtert und erhob sich. Lange hätte ich das Schweigen nicht mehr ausgehalten!

7

Nach kurzer Debatte beschlossen die Frauen, die Geisel auszuliefern. Ursela, die junge Fürstin, hatte sich mit dem Argument durchgesetzt, daß gerade das, was man mit dieser Entführung hatte verhindern wollen, nun eintreten werde: die Beschießung des Schlosses. Milka dagegen glaubte nicht einen Moment an das Ultimatum des Generals, er würde es nicht wagen, das Schloß des Fürsten von Wetternich zu beschießen, das würde ihn Knall auf Fall vors Kriegsgericht bringen! Doch so beredt sie auch ihre Ansicht verfocht, sie konnte sich damit nicht durchsetzen.

Die Baronin Schweinitz lag schweigend auf dem grünen Sofa, mit dem Gesicht zur Wand. Von ihrem Herzanfall hatte sie sich erholt, nun überlegte sie, wie sie unbemerkt das Schloß verlassen konnte: sie wollte sich in Richtung Marienbad durchschlagen, zu den Amerikanern. Die Gräfin Posadowsky schlug vor, sie und Milka sollten Galubke mit einer schwarzen Binde über den Augen in den Schloßhof hinausführen, dann bliebe die Verantwortung auf sie beide beschränkt.

Aber da war die Fürstinmutter ganz anderer Meinung. Mesdames, rief sie und verschaffte sich durch heftiges Klopfen mit dem Stock auf den Tisch Gehör in diesem Bienenschwarm, écoutez moi, s'il vous plait! Wir alle haben von dieser Entführung gewußt und wir alle haben sie gebilligt, deshalb sollten wir uns alle als Mittäter bekennen. Anna und Milka können sie verhaften. Aber uns alle, gemeinsam, können sie nicht an die Wand stellen. Ich schlage vor, wir gehen zusammen in den Keller und holen den Soldaten gemeinsam aus seinem Gefängnis.

Sie war ganz begeistert von ihrer Idee. Ihr Gesicht glühte. Das schien beinahe so aufregend zu werden wie ihr Geburtstagsfest.

Die anderen stimmten zu. Man ließ sich von Kurth Talglichter bringen, zündete sie an und begab sich in einer Lichterprozession zu den Kellerräumen. Nur die Baronin blieb zurück. Die alte Fürstin, die unbedingt dabei sein wollte, stützte sich auf Ursela. Sie war neugierig, wo denn die Geisel eingesperrt war, denn sie selbst war schon seit vielen Jahren nicht mehr im Keller gewesen. Milka und die Posadowsky gingen an der Spitze. Sie kannten den Weg am besten. Die Hohenlohe mußte mit ihrem Rollstuhl am Treppenabsatz zurückbleiben. Ich werde hier Wache halten! erkühnte sie sich. Doch sie wußte nicht so recht, wen sie eigentlich bewachen sollte.

Die Woronzoff zitierte Puschkin:

> Des Unglücks milde Schwester trägt
> die Hoffnung in die nächt'gen Räume

des Kerkers lichte Zukunftsträume
bis die ersehnte Stunde schlägt –

und verschwand als letzte im Kellergang.

Milka und die Posadowsky schoben das Regal mit den leeren Weinflaschen von der Wand, hinter der sich eine niedrige Tür befand. Man mußte schon genau hinsehen, um sie zu entdecken. Die Frauen konnten in der Tat darauf vertrauen, daß auch bei einer Schloßdurchsuchung niemand auf die Idee kommen würde, ausgerechnet hier noch einen anderen, geheimen Raum zu vermuten. Den hatte Urselas Mann mit dem Diener Kurth im zweiten Kriegswinter angelegt, um Lebensmittel für Notzeiten zu lagern. In Königswald hatte man immer größere Vorräte im Keller gehabt, aber dann war ein neues Gesetz verabschiedet worden, wonach das Selbstverständliche als ›Hamstern‹ bezeichnet und mit Strafe geahndet wurde. Nur der Diener und Ursela hatten von diesem Versteck Kenntnis, nicht einmal die alte Fürstin hatte davon gewußt.

Die Posadowsky und Milka traten in das Versteck ein, die andern blieben mit ihren Lichtern draußen. Milka hielt die Kerze höher und sah Galubke genauso auf dem Bett liegen, wie sie ihn in der Nacht verlassen hatte. Die Decken waren ein wenig verrutscht. Er schlief immer noch, nicht einmal der Lärm der Frauen hatte ihn aufwecken können.

Milka machte sich mit einem Blick zur Gräfin

Mut, beugte sich über den Schlafenden und schlug ihm sanft auf die Wange. Sie redete dabei ohne Unterbrechung auf ihn ein, mit sanfter, beruhigender Stimme, so wie sie es im Gleiwitzer Krankenhaus mit den aus der Narkose Erwachten getan hatte.

Galubke machte die Augen auf. Er begriff nichts, kein Wunder nach einer halben Flasche Baldrian. Er sah Milka ins Gesicht, sah neben ihr eine weitere Frau, sah Lichter, hörte Stimmen. Er bewegte sich nicht.

Bleiben Sie ganz ruhig, Herr Offizier, flüsterte Milka. Wir sind gekommen, Ihnen zu helfen. Wir, die Damen von Königswald.

Galubke schien langsam zu begreifen. Wie spät ist es? fragte er.

Ein Uhr. Milka hielt seine Hand fest.

In der Nacht?

Ein Uhr mittags, sagte Milka.

Ein Uhr mittags, wiederholte er langsam, als müßte er weit in der Erinnerung ausholen, um sich die vergangene Zeit zu vergegenwärtigen. Ich habe lange geschlafen.

Er entzog Milka die Hand und rieb sich die Wangen.

Der Gräfin Posadowsky fiel nichts ein, was sie hätte sagen können. Deshalb räusperte sie sich, um zu beweisen, daß sie da war.

Ich muß total übermüdet gewesen sein, sagte der Soldat und kämmte mit den Fingern seine Haare.

Haben Sie nicht gefroren? fragte Milka besorgt.

Eine der Frauen erschien in der Tür. Sie wollte nur mal nachschauen, was in dem Versteck vor sich ging. Aber ehe sie im funzligen Licht etwas sehen konnte, drückte die Posadowsky sie wieder zurück.

Das Ultimatum, flüsterte sie Milka zu.

Der General, begann Milka eher nebensächlich, droht damit, das Schloß zu beschießen, wenn seine Ordonnanz nicht in einer halben Stunde wiederaufgetaucht ist.

Verflucht, sagte Galubke. Mein Mund ist trocken. Haben Sie nicht einen Schluck Wasser? Eigentümlicherweise fragte er nicht, wie er in das finstere Verlies gekommen war.

Wasser gibt's hier unten nicht! Milka stand auf und holte eine Flasche vom Regal. Und Korkenzieher gewiß auch nicht. Also, nehmen Sie erst mal einen Schluck aus der Cognac-Pulle! Das wird Ihnen die Lebensgeister wieder zurückgeben.

Galubke hatte bereits das Siegel heruntergerissen und die Flasche geöffnet. Er nahm einen Schluck. Er sprang auf. Wie das brannte!

Aber trinken Sie nicht zuviel, sagte Milka, sonst sind Sie gleich duhn. Sie haben ja noch nichts gegessen.

Von draußen wurden die Stimmen lauter.

Die Gräfin räusperte sich noch einmal. Ich glaube, Fräulein Milka, wir müssen jetzt gehn... ich meine... die warten schon auf uns...

Das Talglicht in ihrer Hand zitterte. Die Schatten zuckten über die Wand.

Nun erzählen Sie aber, was ist draußen passiert? Was hat der Kolk dazu gesagt? Wie ist die Front draußen? Was gibt's für Berichte? Der Gefangene war plötzlich wieder ein Soldat.

Also, Ihr Sturmbannführer, oder was der da ist, hat ganz schön getobt, nicht wahr, Gräfin? Der hätte uns alle wohl am liebsten verhaften und an die Wand stellen lassen. Aber der kann ja nicht gut eine Fürstin Wetternich erschießen und nicht eine Gräfin Posadowsky, nicht eine Gräfin Dohna aus Ostpreußen und nicht eine Hohenlohe... Sie schwenkte die Flasche und rief: Nicht einmal eine Emilie Piontek aus Gleiwitz in Schlesien-Ober! Bei dieser ungestümen Bewegung erlosch das Licht.

Die Posadowsky fand die Umstände mehr als seltsam. Sie fürchtete nicht allein die Dunkelheit, sie fürchtete sich plötzlich vor dem, was noch kommen würde. Im Licht wäre alles leichter zu ertragen. Gehn wir, Milka, sagte sie. Wir müssen gehen! Das Ultimatum!

Aber ich will nicht gehen! sagte der Leutnant nun sehr ruhig und bestimmt. Ich will nicht mehr zurück. Ich bleibe hier und warte, bis alles zu Ende ist. Es kann sich doch nur noch um Tage, um Stunden handeln... Ich brauche Zivilkleidung, das ist jetzt das wichtigste!

Großer Gott, stieß die Posadowsky hervor. Ihre

Verwirrung war nicht gespielt. Sie mußte raus hier. Sie ging so rasch zur Tür, daß jetzt auch ihre Funzel erlosch. Mit dem Fuß stieß sie an eine Kiste, sie schlug sich den Kopf am Türrahmen, die Schulter schrammte die Wand. Aber irgendwie kam sie atemlos bei den wartenden Frauen an.

Die nun traten, vor Neugier und Furcht bibbernd, eine nach der andern in den kleinen Raum, der durch ihre Lichter taghell erleuchtet war. Nun konnte man sehen, daß auf den unteren Regalen Säcke gestapelt waren, darüber Weckgläser mit eingemachtem Obst und Marmeladen, darüber Wein- und Schnapsflaschen. Auf die Decke waren mit Kerzenruß Totenköpfe gemalt. Sie sahen Galubke auf dem Feldbett sitzen, die Decke über den Schultern, und sie sahen ihn an, als sei er ein ganz anderer. Neben ihm saß Milka. Sie sah erhitzt und ein wenig lächerlich aus.

Der Krieg ist zu Ende, sagte Galubke. Er machte eine Pause. Heute oder morgen!

Das ist Verrat am deutschen Volk, empörte sich die Boehme, auch wenn es gegen die Wand gesprochen war.

Er ist ein SS-Mann, sagte die Dohna. Er muß hier raus!

Die junge Wetternich sagte ganz gegen ihre Überzeugung: Wir müssen das dem General melden!

SS-Mann oder nicht, sagte Milka. Er ist ein Mensch. Wer ihn verrät, macht sich mitschuldig... als sein Mörder!

Es war heiß geworden in dem kleinen Raum. Die Kerzen saugten den Sauerstoff weg.

Mon Dieu, il fait mauvais, stöhnte die alte Fürstin. Sie konnte gottlob nicht umfallen, weil sie zwischen den Frauen eingekeilt war.

Ich werde einen Anzug von meinem Mann holen, sagte Ursela. Den mit den Nadelstreifen. Darin müßten Sie eine gute Figur machen.

8

Milka, die als erste in den Salon zurückkehrte, traf dort die vor sich hin raunzende und schimpfende Gräfin Hohenlohe. Sie war mit dem Rollstuhl ganz nah an das Fenster herangefahren und hatte alle Kissen und Wärmflaschen unter ihren Sitz gestopft, um besser nach draußen sehen zu können. Und was sie da sah, war tatsächlich dazu angetan, in Selbstgespräche zu verfallen. Lastwagen fuhren vor, Soldaten liefen hin und her, Kisten wurden aufgeladen, Pferde aus den Stallungen geführt. Und jetzt begannen doch zwei Soldaten, einen Baum im Park abzusägen!

Da sind Sie ja, Milka, sagte sie aufatmend, konnte aber ihren Blick nicht vom Fenster wenden. Wo waren Sie denn so lange? Man hat mich hier völlig allein gelassen...

Sie hatte lange im Treppenflur gewartet, da aber nichts geschah, war sie in den Salon gefahren, um die kranke Baronin Schweinitz zu treffen, aber sie war nicht mehr im Raum, sie mußte sich wohl in ihr Zimmer geschleppt haben. Die Jüngste war sie gewiß nicht mehr, und dann immer diese Herzgeschichten!

Soll ich Sie nicht besser auf Ihr Zimmer bringen? fragte Milka. Ihr wäre es lieber, die Gräfin würde bei den kommenden Ereignissen nicht dabeisein. Sie kniete vor einem Wandschrank und holte aus der untersten Schublade eine Schatulle hervor.

Nein, nein, lassen Sie mich hier. Ich muß beobachten, was da draußen geschieht. Es sieht so aus, als ob die SS abzieht. Und dabei im Schloß eine Menge Beute macht! Und was ist mit unsrer Geisel im Keller?

Der Leutnant Galubke hat sich abgesetzt, sagte Milka kühl und verließ mit der Schatulle unterm Arm den Salon.

Die Hohenlohe drehte sich so schnell um, daß es ihr einen Stich in die Seite versetzte. Abgesetzt? fragte sie ungläubig. Wie denn das? Sie sah nur noch, wie die Tür zuklappte. Heißt das, er ist weg, verschwunden, fahnenflüchtig?

Sie wunderte sich überhaupt, wenn sie die SS-Leute im Park herumlaufen sah, daß der General immer noch seine Soldaten beisammen hatte.

Dann kamen die Frauen aus dem Keller zurück, und die Hohenlohe erfuhr alles, was geschehen war. Es war noch nicht die Zeit, aber die alte Fürstin verlangte jetzt nach einem Tee. Sie fühlte sich noch etwas flau und wurde von Ursela auf das Sofa gebettet. Ein Tee mit einem tüchtigen Schoß Cognac würde ihr jetzt helfen. Die Woronzoff wollte sich darum kümmern.

Seid mal still, sagte die Hohenlohe und öffnete das Fenster einen Spalt. Ich will hören, ob die Geräusche der Front nähergekommen sind. Sie lauschte. Aber sie hörte nichts. Die Frauen blieben einfach nicht still.

Ursela stellte sich neben die Gräfin und beobachtete das Geschehen im Schloßhof. Wahrhaftig, es scheint, sie ziehen ab, kommentierte sie erleichtert das, was sie sah.

Doch die Hohenlohe sah mehr. Haben Sie nicht einen Feldstecher oder so was? Sie war ganz aufgeregt und schwenkte ihren Oberkörper hin und her. Wo ist denn die Milka?

Ich hab ein Opernglas, erinnerte sich Ursela, die es auch gleich in der Schublade des kleinen Sekretärs fand. Dachte ich's mir, rief die Gräfin aus. Sie stellen die Pak da hinten auf und richten die Rohre auf uns! Genau auf das Schloß!

Das Ultimatum! schrie Ursela.

Alle Frauen stürzten an die Fenster. Ach, Gottchen, sagte die ostpreußische Gräfin. Das sind doch Deutsche! Die werden doch nicht ein deutsches Schloß beschießen?

Ich gehe zu ihnen, sagte Ursela. Die sollen sich ihren Sturmführer Galubke selber holen!

Plötzlich ließ sich Milka, deren Anwesenheit niemand bemerkt hatte, von der Tür her vernehmen: Durchlaucht, lassen Sie mich gehen. Es ist zu gefährlich für Sie! Ich trau mir zu, die Soldaten von ihrem schändlichen Treiben abzuhalten. Das mach ich schon. Knall auf Fall! Mit Leib und Leben! Und mit diesen Worten lief sie davon.

Ursela lief ihr nach. Aber nur, um hinter ihr das Portal zu verriegeln.

Milka schritt aus. Sie atmete tief die Luft ein, die vom Weißdorngeruch gesättigt war. Sie bohrte die Spitzen ihrer Schuhe in den Kies, und das scharrende Geräusch befriedigte sie. Sie kaute an den Lippen, sie wünschte sich den Geschmack von Blut.

Bleim Se mal stehn, Frollein, rief ihr auf der Straße ein Soldat zu. Se könn da nich weiter, das iss lebensjefährlich, Frollein!

Aber Milka war entschlossen, sich durch nichts aufhalten zu lassen. Schon gar nicht durch die Warnungen eines einfachen Soldaten. Ich will zum General Kolk! sagte sie wie nachtwandlerisch. Und das wiederholte sie beim nächsten Posten.

Ich weiß nicht, ob Sie den Obersturmführer noch erwischen, der ist schon weg. Wir setzen uns ab.

Milka blieb stehen. Ach so, sagte sie und nahm die Hände auseinander. Dann möchte ich zum Leutnant Galubke?

Zu wem?

Zum Leutnant Galubke, sagte sie lauernd.

Ach, Sie meinen den Untersturmführer! Das ganze Offizierskorps ist schon weg. Hier ist nur noch Nachhut.

Milka atmete tief. Sie stand unter einer Birke, die ihr erstes Grün zeigte. Sie zog aus der Reverstasche einen Zigarrenstummel hervor. Haben Sie Feuer? fragte sie.

Der Soldat gab ihr erst Feuer und sah sie danach überrascht und sprachlos an.

Milka lief zurück. Sie war gerade im Schloß angekommen, als der erste Schuß fiel. Der Luftdruck ließ die Scheiben erzittern. Die Frauen schrien durcheinander. Die Hohenlohe blieb auf ihrem Beobachtungsposten und blickte angestrengt durch das Opernglas. Das versprach ja interessant zu werden!

Alle auf den Boden legen! schrie Ursela. Mit dem Gesicht nach unten! Sie hatte an einer Luftschutzübung teilgenommen, das war jetzt von Vorteil. Doch ehe die Frauen ihre Plätze gefunden hatten, ereignete sich die zweite Explosion. Der Luftdruck traf sie wie ein leichter Schlag, der Boden unter ihnen vibrierte.

Achtung! Meine Damen, bleiben Sie, wo Sie sind! rief der Diener Kurth. Der dritte Schuß trifft!

Er mußte es wissen. Er war im Ersten Weltkrieg Kanonier gewesen.

Milka stürzte zu der Hohenlohe und schob den Rollstuhl mitsamt der zappelnd protestierenden Gräfin in den Hintergrund des Salons.

Und da ereignete sich auch schon die dritte Explosion. Der Luftdruck war so heftig, daß die Dohna ein Stück zurückgeschleudert wurde. Der Boden erzitterte. Die Boehme schrie. Der Rollstuhl der Hohenlohe hüpfte. Die Woronzoff bedeckte ihr Gesicht mit dem Schutenhut. Ursela warf sich halb über die Fürstin, um sie mit ihrem Körper zu schützen. Ein Wandspiegel fiel aus der Verkleidung und zerbrach auf dem Teppich.

Das war der letzte Schuß, sagte der Diener in die Stille hinein. Sie können sich erheben, meine Damen! Und er ging zu ihnen und half jeder einzeln beim Aufstehen. Der Tee wird gleich fertig sein, sagte er mit ruhiger Stimme. Nehmen Sie schon Platz.

Milka erhob sich. Sie ging zum Fenster und sah nach draußen. Die Paks zogen ab.

Nehmen wir unseren Tee, sagte sie selbstbewußt. In aller Ruhe! Kurth hat recht. Das war der letzte Schuß. Sie hatten nicht mehr als drei Granaten, nicht wahr, Kurth?

Der Diener nickte nur. Er begann damit, die Teetassen auf dem Tisch zu verteilen.

Wir haben die Munition versteckt, sagte Milka triumphierend und sammelte die Spiegelscherben auf.

Ursela setzte sich erst einmal auf einen Stuhl. Die Angst steckte ihr noch so sehr in der Kehle, daß sie die Worte kaum hervorbrachte: Wie haben Sie denn das fertiggebracht?

Oh, antwortete der Diener wie nebenbei und klirrte mit dem Porzellan, ich habe den Soldaten zwei Kisten Cognac spendiert, und während sie sich damit vergnügten, haben Milka und ich die Munition im Heuschober versteckt. Ich hatte nur Angst, sie würden den Heuschober treffen. Das wäre furchtbar geworden.

Da haben wir aber Glück gehabt! sagte Ursela. Sie wollte das Glück noch gar nicht glauben.

Für mich etwas Zucker, quengelte die alte Fürstin. Und ein Schuß Napoleon!

Die Damen in Schloß Königswald tranken ihren Tee, obwohl es noch nicht die richtige Stunde dafür war. Die Zeit war eben durcheinandergeraten. Die Dohna vermißte ihr Strickzeug. Die Boehme wagte nicht, das Kartenspiel zur Schlesischen Lotterie auszulegen. Die Posadowsky setzte sich auf den Klavierschemel, rührte aber keine Taste an. Die Woronzoff sah aus, als würde sie an ihren Wunderpopen denken. Die junge Fürstin flüsterte mit der alten Fürstin. Die Hohenlohe plazierte in ihrem Rollstuhl die Wärmflaschen um.

Milka indes handelte. Sie lief von einer Etage des Schlosses in die andere, von einem Flügel zum nächsten. Die letzte Granate hatte den Giebel durchschlagen, aber keine größeren Zerstörungen verursacht. Sie kontrollierte die Räume, überprüfte die Fensterscheiben, nagelte zusammen mit Kurth die Nebeneingänge mit Brettern zu. Ihr fiel immer etwas ein, was notwendig war und sofort getan werden mußte. Zum Beispiel in den Fluren Wannen mit Wasser und Kisten mit Sand aufzustellen. Oder weiße Laken vorzubereiten, die aus den Fenstern gehängt werden sollten, sobald sich der Feind Königswald näherte. Es durfte nicht zu früh geschehen, die SS könnte ja zurückkommen und beim Anblick der weißen Bettlaken Rache üben. Einen Bauern aus dem Ort, der in der letzten Nacht eine weiße Fahne aus dem Fenster gehißt hatte, soll die SS vor ihrem Abzug vor seiner Scheune erschossen haben.

Im Grunde reihte Milka all diese Aktivitäten aneinander, damit den Damen keine Zeit blieb, nach dem SS-Mann Galubke zu fragen. Und als schließlich doch die junge Fürstin damit anfing, lenkte Milka ab und sagte: Wir müssen verhindern, daß das Schloß geplündert wird!

Das Echo der Frauen zeigte, daß sie seit einiger Zeit an nichts anderes mehr gedacht hatten. Die letzten Gerüchte besagten, die Amerikaner würden aufgrund alliierter Vereinbarungen nicht über Marienbad hinausstoßen und die Eroberung der restlichen Gebiete den Russen überlassen. Ursela meinte, um alt auszusehen, sollten sie alle schwarze Kleider anziehen und die Gesichter und Haare mit Mehl pudern! Die Boehme schlug vor: aus Servietten Hauben zu nähen, weiße Kragen anzulegen und sich als Nonnenkloster auszugeben.

Die Hohenlohe mußte so darüber lachen, daß sie einen Schluckauf bekam. Die Dohna berichtete, in Ostpreußen seien nicht nur die Schlösser und Gutshäuser, sondern auch die einfachen Bauernhöfe ausgeplündert worden. Und danach haben sie die Gebäude angezündet, um die Spuren zu verwischen. Wenn sie nur daran dachte, kamen ihr gleich wieder die Tränen.

Die ersten drei Tage, sagte die Posadowsky, das ist es! In den ersten drei Tagen müssen wir sie vom Schloß fernhalten. Es ist ja bekannt, daß die Soldateska nach der Eroberung einer Stadt drei Tage lang plündern und vergewaltigen darf. Das ist in allen Kriegen so. Es war schrecklich. Aber die Posadowsky hatte das Gefühl, es gut gesagt zu haben.

Gott behüte! Slawa Bogu! hauchte die Woronzoff und bekreuzigte sich auf orthodoxe Weise, von rechts nach links. Dann fiel ihr ein, daß sie das bei den Russen verraten könnte, also wiederholte sie es noch einmal, von links nach rechts.

Il n'y a pas nouveau sous le soleil, sagte die alte Fürstin Wetternich. In den Memoiren meines Großonkels habe ich gelesen, sagte sie, wie die Russen nach dem Sturz Napoleons mit den Alliierten Paris besetzten, sie kampierten in Zelten in den Tuilerien, und die Leute kamen aus den Häusern und sahen ihnen zu, denn sie hatten vorher noch nie Kosaken gesehen, mit so schönen Pelzen und hohen Mützen und geschnürten Stiefeln! Warum sollten die Russen heute anders sein, pour quoi?

Wir leben in einer anderen Zeit, Grandmaman, sagte die Enkelin resigniert.

Diese Russen sind nicht die alten Russen von früher, aus der Zarenzeit, sagte die Woronzoff. Die Revolution hat die Menschen roh gemacht!

Die Welt ist aus den Fugen, sagte die Gräfin Dohna. Sie starrte lange auf den gestrickten Pulloverärmel in ihrer Hand, aus dem nie ein ganzer Pullover werden würde, also trennte sie ihn seufzend wieder auf.

9

Es war kurz nach Sonnenaufgang, als der Diener Kurth an die Tür der alten Fürstin Wetternich klopfte. Er klopfte rasch und mit kurzen Intervallen, wie er es gelernt hatte. O ja, er hatte Übung darin, in Jahrzehnten lernt man das. Und Kurth war einer, der alles auf Schloß Königswald gelernt hatte. Vor mehr als fünfzig Jahren war er als vierzehnjähriger Groom in die Dienste des Fürsten Wetternich getreten, und damals hatte er weder gewußt, wie man einen regierenden Fürsten anredet, noch wie man unbemerkt ein Zimmer verläßt, noch wie man serviert, geschweige denn wie man ein Repetiergewehr nachlädt. Er zeichnete sich aber bald durch eine Eigenschaft aus, für die ihn der Fürst sogar öffentlich belobigt hatte: anwesend zu sein, ohne gesehen zu werden. Ihn mußte man nicht rufen, er hatte einen angeborenen, instinktmäßigen Sinn dafür, wann und wo er gebraucht wurde. Solche Wertschätzung hatte sich offenbar auf die Fürstin übertragen, denn nach dem Tode ihres Mannes nahm sie ihn in ihre Dienste. Zum Glück für Kurth, der sich mit dem jungen Herrn gar nicht gut verstand. Der war ohnehin nicht sehr oft in Königswald, er hatte sich seinerzeit freiwillig zur Legion Condor gemeldet, und seit dem Spanienkrieg war er nur noch zu kurzen Urlaubstagen auf dem Schloß in Böhmen erschienen.

Kurth war sein Lebtag nicht aus Königswald herausgekommen. Einige Male – aber das war schon so lange her, daß er sich kaum noch daran erinnern konnte – hatte er den Fürsten auf die Jagd in die Hohe Tatra oder in die Plesser Wälder begleitet. Und zweimal war er mit ihm in Wien gewesen, als es noch Hauptstadt der Monarchie gewesen war, wo es ihm allerdings überhaupt nicht gefallen hatte, und außer dem Stephansdom, der Kapuzinergruft und der Heurigen-Schänke neben der Albertina hatte er auch nichts weiter gesehen. Als junger Mann war er einmal nach Mährisch-Ostrau gefahren, wo seine Schwester mit einem Musiklehrer verheiratet war. Er hatte mit ihnen das dortige Stadttheater besucht und auf diese Weise ein einziges Mal in seinem Leben eine Oper gesehen, *Das Nachtlager von Granada*, eine erstaunliche Aufführung. Danach war er Unter die Lauben gegangen, wo die polnischen Mädchen herumstanden, und mit einem war er mitgegangen. Sie hatte ihm das Geld genommen und eine Krankheit gegeben. Er war nur froh, daß in Königswald niemand etwas von der Sache erfuhr, obwohl er wegen der Behandlung monatelang zu einem Quacksalber nach Marienbad hatte gehen müssen. Er war in die Dienste des Fürsten wie in einen Orden eingetreten, denn er hatte gewußt, daß der nur einen unverheirateten Diener um sich haben wollte. Die Krankheit erschien ihm deshalb wie eine von Gott geschickte Strafe, die ihn endgültig und lebenslänglich in die Dienerhaft trieb. Wie ein Mönch hatte er seinen Nachnamen aufgegeben: er war nur noch Kurth. Wenn es doch einmal geschah, daß er einen amtlichen Brief erhielt, auf dem sein Nachname stand, starrte er ihn lange an, so fremd kam er ihm vor.

Die alte Fürstin war vom Klopfen wach geworden und hatte sogleich gehört, daß es ihr Diener war. Sie rief ihn herein. Obwohl sich jetzt alle nachts in ihren Zimmern einschließen sollten, vergaß es die alte Fürstin jedesmal; mit Absicht, denn sie konnte sich nicht an verschlossene Türen gewöhnen.

Der Diener war trotz der Morgenfrühe wie immer korrekt gekleidet, er hatte sogar die weißen Handschuhe angezogen, die er sonst nur zum Servieren benutzte. Wenn die Welt sich auflöste, wie er in den letzten Tagen feststellen konnte, dann mußten erst recht die äußeren Formen gewahrt werden. Und wenn die Herrschaften es vergaßen, mußte die Dienerschaft sie daran erinnern. Er blieb an der Tür stehen und blickte starr auf die Klinke:

Durchlaucht, melde, die Herren amerikanischen Soldaten sind im Park!

Sagte es mit ruhiger Stimme, als ob er Gäste anzumelden hätte. Und ging wieder. Nur mit einer Nuance in der Betonung verriet er, daß nach seiner Ansicht die Gäste unziemlich früh erschienen waren.

Die Fürstinmutter sprang aus dem Bett und warf

sich den Morgenmantel über, vor Aufregung fand sie nicht in den Ärmel. Sie klopfte im Vorbeigehen an die Tür ihrer Zofe und versuchte es weiterhin mit dem Ärmel und war schon, humpelnd, in den Flur gelangt, als sie ihn endlich erwischte.

Wecken Sie die andern auf, tout a l'heure! Das ist wohl ein Grund! rief sie dem Diener zu. Ursela, l'enfant, soll gleich zu mir kommen. Und die andern sollen sich in der Bibliothek einfinden. Mon Dieu! Die Russen sind da! Sie schob das offene Haar mit beiden Händen über den Mantelkragen. Es ist also soweit! Les russes!

Der Diener hatte noch nie in seinem Leben den Herrschaften widersprochen. Jetzt tat er es. Er war sich der enormen Kühnheit bewußt. Er konnte nicht – wie sonst – darauf warten, bis die Herrschaft sich selbst von ihrem Irrtum überzeugt hatte. Jetzt ging es um Minuten, vielleicht um Sekunden.

Durchlaucht entschuldigen, aber es sind Amerikaner! Ich habe sie an ihren Helmen erkannt. Es kann kein Zweifel daran bestehen.

Ursela stürzte aus ihrem Zimmer. Die Russen! schrie sie. Mein Gott, die Russen? Von welcher Seite nähern sie sich?

Es sind Amerikaner, wiederholte Kurth hartnäkkig. Und sie sind bereits im Schloßhof.

Ursela ging zum Fenster und sah hinaus. Dabei hatte sie selbst die strenge Anweisung erteilt, niemand dürfe sich an den Fenstern zeigen oder überhaupt nur in der Nähe der Fenster aufhalten, wenn der Feind lauert. Sie sah zwischen den Bäumen und den Rhododendron-Büschen fünf oder sechs Soldaten, Maschinenpistolen unter dem Arm, die sich vorsichtig auf das Hauptportal des Schlosses zu bewegten. Sie trugen grüne Tarnanzüge, und ihre Helme waren mit Netzen überzogen, darin steckten grüne Birkenzweige. Sie war schon lange nicht mehr so früh auf den Beinen gewesen, und die ganze Szenerie erschien ihr in einem transparenten, unwirklichen Licht.

Amerikaner?! sagte sie. Es sind Amerikaner! Sie trat langsam zwei Schritte zurück. Sie spürte die Haut im Nacken. Sie rieb sich die Schläfen. Amerikaner! Natürlich! Wie konnte sie nur an die Russen denken. Sie hatte ja immer gesagt, die Amerikaner würden kommen. Sie klopfte als erstes an die Tür der Posadowsky. Danach an die der Hohenlohe. Und danach an die des Fräulein Piontek. Sie klatschte laut in die Hände. Sie konnte ja nicht alle Türen ablaufen. Sie strengte ihre Stimme an: Bitte alle aufstehen und in der Bibliothek versammeln! Die Amerikaner sind da!

Kurth brachte der jungen Durchlaucht einen Pelzmantel. Sie hatte gar nicht bemerkt, daß sie immer noch im Nachthemd stand. Erst jetzt errötete sie, während sie sich im Mantel versteckte.

Russen oder Amerikaner, wer weiß das schon, Soldaten sehen im Krieg gleich aus, sagte die ostpreußische Gräfin mißtrauisch. Ich glaub erst an die Amerikaner, wenn ich einen Neger unter ihnen sehe.

Bosche moj, schauderte die Hohenlohe. Neger können nicht ihr Blut beherrschen!

Sie machte dazu eine Bewegung, die die andern aber nicht so schnell deuten konnten. O ja, sie hatte da einiges in den amerikanischen Romanen gelesen.

Ach, da sind Sie ja! Die Woronzoff war geradezu entzückt, die Baronin von Schweinitz zu sehen, die jetzt aus ihrem Zimmer taumelte. Sie hatte sie seit dem vergangenen Abend vermißt. Wo sie ihr doch das Ende der Geschichte mit dem Wunderpopen schuldig war.

Ein Neger? Ein großer Neger? Die Schweinitz mußte sich erst einmal setzen. Das war einfach zuviel für sie in der Herrgottsfrühe.

Die Boehme verschläft alles, sagte die Woronzoff. Dabei ist sie die einzige von uns, die englisch spricht.

Ja, wo ist denn unsere Freifrau? fragte Ursela streng. Und Milka Piontek?

Wo ist meine Milka? Es schien, als käme der Gräfin Hohenlohe erst jetzt zu Bewußtsein, daß ihre Zofe noch immer fehlte. Sie fuhr mit ihrem Rollstuhl zu Milkas Zimmer und klopfte mit beiden Eheringen gegen die Tür. Wenn sie bis jetzt nicht aufgewacht war, das würde sie nicht überhören können.

Allez, Mesdames, dans la Bibliotheque! rief die Fürstinmutter.

Ja, versammeln wir uns in der Bibliothek und empfangen dort die Amerikaner! Ursela ging ein paar Schritte; blieb stehen. Sie wollte doch sehen, wie Milka aus ihrem Zimmer trat. Aber hinter der Tür rührte sich nichts.

Alors, was steht ihr herum? Hat Kurth schon die Fahnen aus den Fenstern gehängt? Nur keine Furcht jetzt! Wir werden auch das noch überstehen. Die alte Dame schien befriedigt.

Ursela flüchtete in ihr Zimmer. Sie wollte nicht, daß die andern sahen, wie sich ihr Gesicht verkrampfte. In ihrer Brust wuchs ein Stein. Es war ihr zur Gewißheit geworden, daß Milka die Nacht gar nicht in ihrem Zimmer verbracht hatte.

Die Freifrau von Boehme stürzte verwirrt auf den Flur. Da sdrastwujet slawnaja pobjedonosnaja krasnaja armija! rief sie auf russisch aus. Und schwenkte ein Wörterbuch in der Hand.

So 'ne Damlichkeit, sagte die Dohna. Es sind doch Amerikaner!

Die Boehme verschwand in ihrem Zimmer und kam mit dem englischen Wörterbuch zurück. Welcome the glorious victorius american army! stotterte sie.

So 'ne Damlichkeit, sagte die Dohna kopfschüttelnd.

In diesem Augenblick schlug der Diener auf den

Gong im Flur und rief in die Stille: Der Tee wird heute in der Bibliothek serviert! Ich bitte die Damen in die Bibliothek!

Aber es war nicht halb fünf Uhr nachmittags. Es war halb fünf Uhr in der Frühe.

10

Genau zwölf Stunden später, nachmittags halb fünf Uhr, waren die Bewohner von Schloß Königswald wie üblich im Roten Salon zur Teestunde versammelt. Es war beinahe wie früher. Aber eben doch nur beinahe. Der Diener servierte Tee, es war Pfefferminztee, den man bis draußen in den Flur roch. Die alte Fürstin verzog ihr Gesicht, daß es jeden dauern mußte. Das letzte Mal hatte sie am 7. November 1918 Pfefferminztee getrunken, als Deutschland vor der Entente kapituliert hatte. Das war eine Weile her. Aber sie hatte es nicht vergessen.

Die Frauen gingen ihren alten Gewohnheiten nach. Die Gräfin Dohna strickte an ihrem Pullover, an dem sie schon seit Wochen strickte, und konnte nicht verhindern, daß sie immer wieder eine Masche fallen ließ. Die Gräfin Posadowsky war so nervös, daß sie sich mit einem Nocturne auf dem Bösendorfer beruhigen wollte, aber schon nach den ersten Anschlägen merkte sie, daß ihr heute nichts gelingen würde. Die Freifrau von Schweinitz saß auf dem grünen Sofa, atmete schwer und hielt ihre Silbertasche mit dem Fläschchen Amylnitrit in Reichweite. Die Freifrau von Boehme hatte die Karten für die Schlesische Lotterie auf dem Spiegeltisch ausgelegt, doch so schlecht waren sie noch nie gewesen. Sie warf nicht einmal mehr einen Blick darauf. Sie blätterte in dem deutsch-englischen und englisch-deutschen Wörterbuch. Die Gräfin Hohenlohe-Langwitz hatte sich von Milka die Wärmflaschen mit heißem Wasser aufgießen lassen und las weiter in der *Unbekannten aus der Seine*. Doch sie mußte immer wieder zurückblättern, weil sie so unkonzentriert war. Ursela stickte. Sie hatte den alten Stickrahmen, für den sie schon seit Jahren keine Zeit mehr fand, aus der Wäschetruhe hervorgeholt, und stickte nun an einem persischen Muster, das ihr die Dohna mit einem angefeuchteten Kopierstift aufgezeichnet hatte. Sie stickte, um sich zu beruhigen; sie hätte es sonst nicht eine Minute lang auf ihrem Stuhl ausgehalten. Die Gräfin Woronzoff hatte sich einen Schutenhut mit Schleier aufgesetzt, der ihre Augen verdeckte, und hauchte der Baronin zu: Also der Wunderpope erreichte mit seiner bunten Schar die Stadt Jalta auf der Krim, in dem Augenblick, als das letzte englische Schiff auslaufen sollte, und sie alle bekamen gerade noch einen Platz auf der überfüllten *Prinzessin Ena*...

Der Diener meldete die Offiziere.

Alors, ich lasse bitten, schnarrte die Fürstinmutter. Eigentlich hätte Ursela als regierende Fürstin empfangen müssen, aber sie fühlte sich nicht sehr gut in dieser Rolle, und außerdem glaubte sie, der Fürstinmutter würde schon wegen ihres Alters mehr Respekt entgegengebracht werden.

Die Offiziere hatten bereits eine Weile im Schloß gewartet. Der Diener hatte ihnen mit ausgesuchter Höflichkeit, aber doch sehr bestimmt, erklärt, Durchlaucht empfange erst zur Teestunde. Und die verblüfften Offiziere, eingeschüchtert durch die imposante Fassade, ließen sich in der Zwischenzeit das Museum zeigen, Erinnerungsstücke an den Staatskanzler, an Napoleon, an den Herzog von Reichstadt, an die Kaiserin Maria Theresia. Englisch, sagte Kurth und tippte auf eine Vitrine, in der sich eine Urkunde des Herzogs Wellington befand. Französisch, sagte Kurth und wies auf den Schreibsekretär von Alexandre Dumas. Danach schien es ihm an der Zeit, die Gruppe in den Salon zu geleiten. Er stellte die Fürstinmutter und die junge Fürstin vor. Die beiden begnügten sich mit einem freundlichen Kopfnikken. Die Hohenlohe bekam einen Schluckauf vor Aufregung. Noch niemals hatte sie in ihrem Leben einen amerikanischen Offizier gesehen. Und noch niemals einen Neger. Außer im Kino.

Einer der Offiziere, mit vielen Silberzeichen am Kragen und auf den Schultern, wohl der Ranghöchste, sagte etwas. Er fiel auf durch seinen kahlen Schädel und seine Größe, er überragte sogar den Negersoldaten. Niemand verstand ihn. Kurth brachte auf einem Tablett Teetassen mit Goldmäander und goß Pfefferminztee ein.

Der Offizier wiederholte seinen Satz.

Freifrau von Boehme übersetzte schwitzend. Mit

einer Hand strich sie sich ständig nervös über die Stirn, mit der andern suchte sie immer wieder nach einem Wort im Wörterbuch. Es dauerte sehr lange. Und am Schluß wußte keiner so recht, was der Offizier hatte sagen wollen!

Die alte Fürstin erbarmte sich. Sie bat die Herren Offiziere mit einer weitausholenden, freundlichen, generösen Geste, erst einmal Platz zu nehmen. Dann versuchte sie es auf Französisch. Die Woronzoff auf Russisch. Die Dohna auf Italienisch. Die Posadowsky auf Polnisch. Und die Hohenlohe auf Schlesisch. Ein fruchtloses Unterfangen. Doch unter den Soldaten befand sich der Enkel eines deutschen Auswanderers, der aus seiner Kindheit noch ein paar Wörter in Erinnerung behalten hatte und der jetzt, zusammen mit der Boehme, radebrechend wenigstens die Fakten übermitteln konnte.

Was der Offizier gesagt hatte, war ein Befehl: Alle Männer in wehrfähigem Alter müssen sich innerhalb von zwei Stunden im Schloßhof einfinden! Alle Waffen müssen abgegeben werden! Alle Lebensmittel im Schloß sind beschlagnahmt! Alle Bewohner des Schlosses müssen es bis morgen mittag räumen, weil es als Quartier für eine amerikanische Armeegruppe gebraucht wird!

Bei der ersten Forderung hatte die junge Fürstin ihren Stickrahmen sinken lassen und lange auf Milka gesehen, die sich nestelnd mit ihrem Halstuch beschäftigte. Bei der zweiten nickte die alte Fürstin. Bei der dritten tauschten die Frauen miteinander Blicke aus. Und bei der vierten zeichnete sich Unglauben, Staunen und schließlich Entrüstung und Empörung in ihre Gesichter.

Der übersetzt nicht richtig, sagte die alte Fürstin verständnislos. Der haßt die Deutschen, das ist es.

Die Woronzoff nickte unter ihrem schwarzen Schleier, den sie noch ein Stück tiefer ins Gesicht gezogen hatte.

Die Gräfin Dohna trennte den Pulloverärmel auf. So schnell hatte sie noch nie den Ärmel aufgetrennt.

Die Posadowsky spielte in ihrem Schoß Klavier, ihre Finger hüpften auf dem schwarzen Rock wie auf den Tasten des Flügels.

Ich verstehe nicht, sagte die Hohenlohe. Sie verstand wirklich nicht.

Ich dachte, schnaufte die Baronin, die Amerikaner sind unsere Befreier?

Wir stehen unterm Schutz des Roten Kreuzes, sagte Milka einfach so ins Blaue hinein. Sie zündete sich an einer Kerze ihren Zigarrenstummel an. Es dauerte lange, bis er glühte.

Die alte Fürstin wandte sich an den kahlköpfigen Offizier: Écoutez Monsieur, Sie werden doch nicht von uns verlangen, das Schloß zu verlassen? Es ist mein Schloß. Es gehört mir. Mon château! C'est mon château, comprenez vous?

Ursela hielt es nicht mehr länger aus. Sie warf den

Stickrahmen zu Boden und sprang auf. Sie legte ihre ganze Empörung in ihre kleine Stimme: Meine Herren Offiziere! Messieurs! Sir! Dieses Schloß ist nicht allein privater Besitz, es ist ein Museum! Die Wetternichs sind eine alte adlige Familie, Aristokraten, verstehen Sie. Wir bewohnen das Schloß seit hundertfünfzig Jahren... Wir waren gegen Hitler, verstehen Sie... gegen Hitler... und Sie haben kein Recht... Sie spürte, wie hilflos ihre Argumente waren. Und die andern würden sie ja auch gar nicht verstehen. Sie brach ab.

Wir sind Flüchtlinge, ergänzte die Dohna leiser und zeigte in die Runde. Wir haben alles verloren im Osten, nix Heimat, nix Haus, nix Besitz. Ach, Gottchen! Sie ließ ihre Arme verzweifelt herunterfallen.

Die Hohenlohe und die Posadowsky rafften ihren Mut zusammen und teilten sich die Sätze, mit denen sie den Amerikanern klarmachten, sie würden auf keinen Fall aus dem Schloß ausziehen. Und die Dohna und die junge Fürstin versuchten mit großen Gesten und übersteigerter Mimik die Amerikaner davon zu überzeugen, ihnen wenigstens den Südflügel zu überlassen.

Ich kann ja auch in den Keller ziehen, wenn es nur für ein paar Tage ist, sagte Milka.

Und ich in die Bibliothek, sagte Ursela.

Die amerikanischen Offiziere berieten sich miteinander. Sie ließen sich das Schloß zeigen. Sie waren schließlich mit der Besetzung des halben Schlosses, also des Nordflügels, einverstanden. Doch die Bibliothek wollten sie für ihre Stabsbesprechungen haben. Und die Lebensmittelvorräte sollten nur kontrolliert, nicht beschlagnahmt werden, da habe es wohl einen Übersetzungsfehler gegeben. Der Offizier mit dem Kahlschädel sagte, nun stehe das Schloß unter ausdrücklichem Schutz der amerikanischen Armee und die Ladies hätten nichts mehr zu befürchten! Und er gab Anordnung, draußen vor der Einfahrt Schilder mit OFF LIMITS anzubringen.

Als alles übersetzt war, war die alte Fürstin so begeistert, daß sie jedem die Hand drückte, zuerst dem kahlköpfigen Offizier und dann den andern Soldaten, am Schluß auch dem Neger.

Die Baronin schwenkte ihr Perlentäschchen und drückte auch dem Neger die Hand, dann strich sie ihm über das kurze, borstige Haar, dazu mußte der sich bücken. Sie erschauerte und sezte sich erst mal. Heimlich schnüffelte sie an ihrem Fläschchen und wurde krebsrot im Gesicht.

Auch die Hohenlohe wollte dem Neger die Hand geben. Sie war ja immer gegen Rassismus gewesen und damals, bei der Olympiade, von Jesse Owens so begeistert. Erlauben Sie, sagte sie und lächelte. Ihr Herz schlug heftig. So nah war sie noch nie einem Neger gekommen. Ihr Kopf zuckte nach rechts.

Gottchen, hauchte die ostpreußische Gräfin. Sie konnte gar nicht hinsehen.

Ursela ging in den Flur und holte eine Flasche Cognac Napoléon, die sie im Sand der Luftschutzkiste versteckt hatte. Sie goß den Soldaten einen Schuß Cognac in die Tassen. Damit stießen sie an. Der Negersoldat lachte. Er lachte schon die ganze Zeit. Da fielen Ursela die Schallplatten ein, die sie zurechtgelegt hatte. Sie ging zur Kommode und schleppte das Grammophon hervor. Sie drehte erst an der Kurbel, um den Apparat aufzuziehen, dann legte sie eine Schallplatte auf und setzte die Nadel an. Die Platte drehte sich und gab fürchterlich kratzende Geräusche von sich. Willkommen unsere amerikanischen Freunde! sagte sie wie einstudiert. Sie lauschte den ersten Tönen. Es war die Polonaise von Tschaikowski.

Himmel, jetzt hatte sie auch noch die falsche Platte aufgelegt. Die war ja für die Russen gedacht. Sie suchte nach dem Kaiserwalzer. Doch die Amerikaner waren begeistert von der Musik und wollten die Platte zu Ende hören. Sie traten näher an den Apparat heran. Ihre Gesichter glänzten. Nach einer Weile begann einer sogar die Melodie mitzusummen. Der Kahlschädel wiegte seinen mächtigen Körper im Rhythmus der Musik.

Die Frauen erhoben sich von ihren Stühlen und mischten sich unter die Soldaten. Sie redeten miteinander, auch wenn sie einander nicht verstanden.

Beautiful, sagte der eine Soldat in die Musik hinein. Beautiful! Great! Fantastic!

Ja, Europa! Abendland! Kultur! sagte die alte Fürstin und warf die Hände in die Luft, als wollte sie damit unsichtbare Schätze verteilen. Die Woronzoff nickte dazu. Und streifte ihren Schleier hoch.

Es kratzt furchtbar, nicht wahr? Ursela entschuldigte sich dafür, indem sie auf die alten, abgenutzten Nadeln zeigte. Krieg, sagte sie. An allem war der Krieg schuld.

You have a piano, sagte der Offizier und wies auf den Flügel. We have a good player. Und ohne eine Antwort abzuwarten, rief er den Negersoldaten herbei. Please, play it again Sam!

Der Neger klappte den Deckel auf und setzte sich an den Flügel. Er schlug erst mit der rechten, dann mit der linken Hand ein paar Tasten an, um die Intonation zu prüfen. Dann legte er beide Hände auf die Klaviatur und begann, zögernd, zu spielen.

Der Hohenlohe riß es den Kopf nach rechts.

Die Baronin bekam beinahe einen Herzanfall, nur vom Zusehen.

Die Dohna starrte so erschreckt auf die weißen Tasten, als ob sie fürchtete, sie würden von den schwarzen Händen auf ewig eingefärbt. Der Negersoldat unterbrach und spielte etwas anderes. Er unterbrach noch einmal. Und jetzt hatte er das Thema gefunden. Er lehnte sich zurück und spielte konzentriert, mit geschlossenen Augen.

Chopin, sagte Milka als erste.

Chopin, wiederholte die Posadowsky ungläubig.

Das Nocturne Nr. 2 in Es-dur, das Andante, wahrhaftig.

Und ich dachte, sagte die alte Fürstin anerkennend, die Amerikaner spielen immer nur diese schnelle Negermusik!

11

Der Krieg war zu Ende. Jedenfalls in Europa. Die Deutschen hatten bedingungslos kapituliert. Im Schloß Königswald waren in Vitrinen Fundstücke aus dem Dreißigjährigen Krieg ausgestellt, verrostete Hinterlader, Spieße, Hellebarden, Kanonenkugeln, Folterinstrumente, Beinschrauben, die Zankgeige. Der Krieg, damals, hatte furchtbar in Böhmens Hain und Flur gewütet. Vom neuen, fünfjährigen Krieg hatte man in dieser Gegend nicht viel gespürt. Außer, daß den Frauen die Männer genommen wurden. Doch sie hatten nicht aufgehört zu hoffen, sie würden wiederkommen. Auch wenn für manche von ihnen die Hoffnung inzwischen vergeblich geworden war. Die deutschen Städte waren in Trümmern versunken. Sie lasen darüber in den Zeitungen. Sie sahen das in der Wochenschau im Kino. In der Reichshauptstadt war das Haus der Philharmoniker ausgebrannt. Das Orchester gastierte im Großen Saal des Neuen Kurhauses in Marienbad. Ein junger Kapellmeister dirigierte. Die alte Melodie: Aus Böhmens Hain und Flur. Die alte Fürstin und die junge Fürstin waren dabeigewesen. Sie hatten das junge Talent, ein Genie sagte man, auf Schloß Königswald eingeladen, nur zehn Kilometer weit entfernt, und alle zusammen waren sie gleich nach dem Konzert aufgebrochen. Hundert Kerzen brannten im Salon. Der Muranolüster gleißte. Die böhmischen Kristallgläser klirrten. Es gab eine Consomée à la Diana, Rehschlegel mit böhmischen Knödeln, Weinkraut und Preiselbeeren, Marillenschaum. Dazu einen *Blaulack* von 1937. Und zum Schluß Champagner. Ein Streichquartett spielte. Sie vergaßen, daß es irgendwo Krieg gab. Nur die Verdunklungsvorhänge, die unter den roten Damastportieren versteckt waren, erinnerten daran. Die junge Fürstin ging durch den Salon und fotografierte mit Blitzlicht. Den jungen Dirigenten, das große Talent. Er war Österreicher. Und er war von Adel.

Ursela konnte nicht glauben, daß dies erst vor einem Jahr geschehen war. Sie kramte die Fotos aus der Schatulle und legte eines nach dem andern, fast zeremoniell, auf den Tisch. Manche waren verwackelt. Der Dirigent kniff die Augen zusammen, das Blitzlicht muß ihn erschreckt haben. Aus Böhmens Hain und Flur.

Sie erinnerte sich daran, während aus dem Roten Salon der Lärm zu ihr herüber drang. Die Amerikaner feierten den Sieg über die Deutschen. *Victory-Day* nannten sie das. Sie war zweimal drüben im Salon gewesen. Einmal hatte sie der Captain zu einem Whisky eingeladen, und sie wollte nicht unhöflich sein. Sie hatte etwas von dem scharfen Zeug – das ihr überhaupt nicht schmeckte – getrunken und war bald wieder gegangen. Es war nicht ihr Feiertag. Es war für sie aber auch kein Grund der Trauer. Die Niederlage hatten sie alle seit langem vorausgesehen. Es war eine Niederlage der Nazis, nicht der Deutschen. Sie wollte das schon unterschieden wissen.

Sie konnte aber nicht mit ansehen, wie die Soldaten mit den Möbeln umgingen, wie sie die Asche ihrer Zigaretten auf den Teppich fallen ließen und die Schnapsgläser überall, sogar auf dem Bösendorfer, abstellten.

Das zweite Mal war sie hinübergegangen, weil der Lärm noch lauter geworden war und sie befürchtete, die Soldaten würden jeden Moment die Möbel und den Flügel zerschlagen. Sie trank mit dem Captain einen zweiten Whisky – der ihr jetzt sogar schmeckte – und machte mit Worten und Gesten noch einmal darauf aufmerksam, daß dies hier ein Museum sei. Doch keiner hörte ihr zu, keiner verstand sie; und keiner wollte sie verstehen. Ein Soldat faßte sie an der Hüfte und wollte mit ihr tanzen. Der Neger hämmerte auf dem Klavier. Der Captain sang: *When the Saints Go Marching in.* Einer erbrach sich auf dem Teppich. Ein anderer zwickte ihr in die Brust. Sie sah sich hilfesuchend nach dem Captain um. Der aber hielt eine Flasche in der einen Hand und ein gefülltes Glas in der andern und lachte obszön. Sie ging. Sie floh.

Auf dem dunklen Flur stieß sie mit Milka zusammen, die mit einer Kerze in der Hand nach etwas suchte. Ursela überfiel sie mit einem Schwall von Worten und Fragen, denn sie hatte sie schon seit einiger Zeit nicht mehr gesehen, genau seit jenem Tag, als die Amerikaner das Schloß besetzten und Milka verbreitet hatte, der SS-Mann Galubke sei aus seinem Kellerversteck in die Wälder geflohen.

Milka sagte kein Wort. Sie hob nur die Kerze höher, und ihre Blicke begegneten sich für ein paar lautlose Sekunden. Dann blies Milka die Kerze aus und ließ die Fürstin im Dunkel stehen.

Zwischen den beiden Frauen war eine Rivalität gewesen von Anfang an. Jetzt war es eine Todfeindschaft geworden. Im Kerzenschein, vorhin, hatte sie sich offenbart. Begonnen hatte sie an jenem Tag, als die Gräfin Hohenlohe-Langwitz mit ihrer Zofe auf Schloß Königswald angekommen war. Milka hatte sich sehr bald die Sympathie der Fürstinmutter erworben, weil sie Polnisch konnte und die Ukrainerinnen, die so ziemlich alles falsch machten, daß man schon an Sabotage denken mußte, zu sorgfältiger und pünktlicher Arbeit anhielt. Sogar mit dem Diener Kurth freundete sie sich an, der neue Bewohner sonst als Fremde und Eindringlinge behandelte. Sie hatte Milka einmal mit ihm flüstern gesehn, und beide trugen ein Lächeln auf dem Gesicht, als ob sie miteinander ein Geheimnis teilten.

Und dann war die Sache mit Leutnant Galubke passiert. Er war Ursela gleich aufgefallen. Er sah blendend aus in seiner schwarzen Uniform, hatte etwas Asketisches in seinem Gesicht, sah mehr wie ein Mönch aus als ein Soldat. Und er hatte sie angesehn, daß ihr ganz heiß geworden war. Sie hätte gar nicht sagen können, was da geschehen war. Aber es war eine Veränderung in ihr vorgegangen. Und dabei hatte sie bis dahin noch nicht einmal ein Wort mit ihm gesprochen. Als dann die Posadowsky und Milka dazu bestimmt wurden, ihn zu entführen, war sie eifersüchtig gewesen, ja, das mußte sie zugeben. Sie wäre gern selbst dabeigewesen. Und es hatte nicht länger als 48 Stunden gedauert, bis ihr klargeworden war, daß der SS-Mann gar nicht entführt worden war, sondern mit Milka zusammen das Komplott ausgeheckt haben mußte. Aber es war wohl 24 Stunden zu spät gewesen. Die ängstliche und nervöse Posadowsky und die etwas robuste Milka, sie hätten niemals einen SS-Offizier überwältigen können. Warum war sie nicht früher darauf gekommen?

Ursela schloß sich in ihrem Zimmer ein. Sie würde niemanden mehr einlassen. Und wenn General Patton, der die amerikanische Armee hier im Südostraum befehligte (wie sie vom Captain erfahren hatte), höchstpersönlich an der Tür klopfte. Sie konnte nicht einschlafen. Sie wollte sich ablenken mit einem Buch, um nicht mehr an die turbulenten Ereignisse der letzten Stunden zu denken. Es mußte Zeit vergehen. Sie nahm das Buch zur Hand, in dem sie schon seit Wochen las, aber nicht über die Hälfte hinausgekommen war. Sie rückte die Kerze zurecht, bis ihr heller Schein auf die Buchseiten fiel. Sie las und versank in einer anderen Zeit. Während der Lärm aus dem Salon sie gelegentlich an die Gegenwart erinnerte. ›Schwül und erwartungsvoll schauen wir in den dunkelblauen Himmel, schwere Gewitter steigen ringsum herauf, die über manche liebe Gegend und Freunde ergehen sollen, der Strom schießt dunkelglatt und schneller vorbei, als wollte er seinem Geschick entfliehen, die ganze Gegend verwandelt plötzlich seltsam ihre Miene. Keine Glockenklänge wehen mehr fromm über die Felder, die Wolken zu zerteilen, der Glaube ist tot, die Welt liegt stumm, und viel Teures wird untergehen, eh die Brust wieder frei aufatmet ...‹

12

Manches war anders geworden auf Schloß Königswald. Aber um halb fünf Uhr nachmittags fanden sich wie immer die adligen Bewohner zur Teestunde im Roten Salon ein. Da hatte sich über die Jahre und Jahrzehnte, über Kaiserreiche und Republiken nichts geändert. Ein Bismarck war zu Gast gewesen, ein russischer Großfürst Orloff, ein Graf Eulenburg, ein Rainer Maria Rilke, ein Walther Rathenau, ein Konrad Henlein, ein Alexander Lernet-Holenia. Dichter, Staatsmänner, Militärs. General Kolk war schon vergessen. Ebenso der junge SS-Mann mit dem asketischen Gesicht und der leisen, schleppenden Stimme. Jetzt erschien zum Tee ein Colonel Cullins, der aus Nyack, State New York, stammte und unter seinen Vorfahren einen Rabbiner aus Prag gehabt haben wollte. Er trug eine Art Ausgeh-Uniform und hatte seine Orden angelegt. In seiner Begleitung waren zwei höhere Offiziere, von denen einer zur Überraschung der Anwesenden ein akzentfreies Deutsch sprach und der, wie sich später herausstellte, ein deutscher Jude aus Köln war, der 1934 in die Vereinigten Staaten emigriert war. Er brachte englische Zeitungen mit, auf denen Fotos mit Bergen von nackten Leichen, Bergen von Brillen und Bergen von

Schuhen aus dem Konzentrationslager Bergen-Belsen abgebildet waren. Die adligen Damen sahen sich das an, tranken ihren Tee und schwiegen beredt. Der Offizier übersetzte ihnen die Bildunterschriften. In der Stille klirrten die Porzellantassen. Die Gräfin Posadowsky blies über die Teetasse, aber der Tee dampfte nicht mehr.

Erst nach einer Weile fragte die Gräfin Dohna: Wo soll der Ort liegen? Wie sagten Sie heißt er? Bergen-Belsen? Und Sie sagen, der liegt in Deutschland?

Sie wollte ja nur fragen.

Es ist fünf Uhr, sagte die Gräfin Hohenlohe und winkte Milka heran. La Marquise sortit a cinq heure. Ich muß an die Luft! Heute nacht sind die ersten Kirschblüten aufgegangen.

Milka schob den Rollstuhl an der Fürstin vorbei. Sie bückte sich und legte die Decke zurecht. Sie wollte die Fürstin nicht ansehen.

Am dritten Tag störte Colonel Cullins das Ritual. Noch während der Diener den Tee servierte, wandte er sich an die Damen und bat um ihre Aufmerksamkeit. Er hätte ihnen etwas Wichtiges mitzuteilen. Die amerikanischen Truppen würden bis morgen mittag das Gebiet räumen und sich bis Marienbad zurückziehen. Die Russen würden dann alles besetzen.

Der jungen Fürstin Wetternich fiel die Teetasse aus der Hand und zerbrach auf dem Boden. Meißen 1900. Der Tee hinterließ einen häßlichen braunen Fleck auf dem Teppich.

Die alte Fürstinmutter hielt die Untertasse mit beiden Händen, sie konnte nicht verhindern, daß die Tasse darauf tanzte und ein schepperndes Geräusch verursachte. Die Dohna packte ihren angefangenen Kinderpullover und die Wolle zusammen. Die Boehme ging zum kleinen Spiegeltisch und sammelte die Karten ein. Die Hohenlohe zuckte mit dem Kopf nach rechts. Die Posadowsky sperrte ihre flatternden Hände im Schoß ein. Die Schweinitz griff nach ihrem Fläschchen. Die Woronzoff ließ den Schleier von ihrem Hut herunter.

Endlich kam der Diener, bückte sich und räumte die Scherben auf. Das erlöste die alte Fürstin aus der Sprachlosigkeit. Die Russen? sagte sie. Die Russen kommen und besetzen alles, auch das Schloß? Die Tasse und die Untertasse rutschten ihr aus den Händen. Ursela konnte sie gerade noch im Flug auffangen.

Das sind alliierte Vereinbarungen. Daran ist nichts zu ändern, sagte der Colonel.

Ich bleibe nicht hier, preßte die Baronin zwischen den blutleeren Lippen hervor. Wenn Sie noch einen Platz für eine alte Frau auf einem Ihrer Autos haben, ich bitt Sie, nehmen Sie mich mit!

Erbarmung, sagte die Dohna. Noch einmal flüchten? Soll denn das kein Ende nehmen?

Ich gehe auch mit! sagte die Posadowsky entschlossen und gab die Hände frei. Ich habe alles zu Haus in Schlesien verloren. Ich möchte nur wissen, wo ich die Erde finde, die mich für immer festhält, einen Meter tief und zwei Meter lang?

Sie fand, daß sie das sehr schön gesagt hatte.

Und was tun wir, Milka? jammerte die Hohenlohe. Sie hatte sich an dieses Schloß, dieses abgelegene, einsame Adelsnest gewöhnt, und bis auf die letzten Tage hatten sie hier eigentlich recht friedlich gelebt. Wo sollen wir hin, Milka? fragte sie hilflos.

Milka schwieg. In ihrem Gesicht regte sich nichts. Es war aus Stein.

Die Woronzoff sagte: Vielleicht rücken die Russen gar nicht nach. Und die tschechischen Behörden übernehmen das Gebiet. Ich habe solche Gerüchte gehört.

Das ist noch furchtbarer! Ursela löste sich aus ihrer Erstarrung. Die Tschechen plündern überall und schlagen die Deutschen tot. Dann lieber die Russen! Ursela flüchtete in die Arme der Fürstinmutter.

Wir müssen alles genau überlegen, sagte die alte Wetternich. Wir werden heute abend darüber entscheiden, ob wir bleiben oder gehen. Sie wandte sich an den Dolmetscher: Wann verlassen Sie das Gebiet hier? Zwölf Uhr mittags? Und ist das der endgültige und letzte Termin? Der Colonel bestätigte das.

Um zwölf Uhr sind wir schon weg, ergänzte der Dolmetscher. Wir wollen keine Berührung mit den Russen.

Die junge Fürstin hatte ihren Schock überwunden. Sie trat in die Mitte des Salons, straffte ihren Körper und sagte: Im Grunde ist es die gleiche Situation wie vor ein paar Tagen, als wir schon einmal auf die Russen gewartet haben. So werden wir wieder die Eingänge mit Brettern vernageln, werden unsere schwarzen Kleider anziehn und unsre Gesichter und Haare mit Mehl einpudern...

Erbarmung! seufzte die Dohna und zerbrach die Stricknadeln.

Nicht die Russen! sagte die Boehme erregt. Ich setze mich mit den Amis ab! Sie hielt ihren Persianer-Muff vors Gesicht.

Auch mich hält hier nichts, sagte die Posadowsky. Ich hab eine Kusine am Tegernsee, dort kommen die Russen bestimmt nicht hin. Ich breche heute nacht noch auf und mache mich auf den Weg, und wenn ich zu Fuß laufen muß, tagelang, durch die zerbombten Städte und verwüsteten Landschaften... Sie sah sich bereits im tiefen Elend, und es übermannte sie so, daß sie in ein Schluchzen ausbrach. Am meisten tat es ihr leid, daß sie nicht mehr auf dem Bösendorfer spielen konnte.

Und was tun wir, Milka? fragte die Hohenlohe ängstlich. Haben Sie nicht mal erzählt, daß irgendein weitläufiger Verwandter von Ihnen nach Australien ausgewandert ist, nach Sydney?

Milka schwieg hartnäckig. Sie hielt sich mit den Händen am Rollstuhl fest, daß die Knöchel weiß hervortraten.

Ich gehe packen, sagte die Dohna in einem Ton, als

ob sie lange überlegen müßte, was sie denn einzupakken habe. Dabei ging das, was sie noch besaß, in einen kleinen Handkoffer hinein.

Mesdames! Écoutez! bat die alte Fürstin mit lauter Stimme um Gehör. Ich bin alt, ich bin sehr alt. Ich glaube, ich bin die älteste hier in der Runde, und dreimal so alt wie der Herr General. Sie lächelte dem Colonel zu. Mein Wunsch war es, hier in Königswald zu sterben und in böhmischer Erde begraben zu sein. Mais je dire maintenant: Ich bin alt, aber noch nicht alt genug. Sie wehrte das Erschrecken von Ursela mit einer heftigen Handbewegung ab. Ich gehe an den Rhein, auf unseren Stammsitz, dort werden wir Wetternichs uns zusammenfinden, alle, wohin uns der Krieg auch verjagt und vertrieben haben mag. Au contraire! Ich merke, das Alter macht es mir leichter, von hier wegzugehen. Sehr bald werde ich ohnehin alles Irdische verlassen müssen...

Aber Grandmaman, das Schloß, die Möbel, die Bibliothek, all die Kostbarkeiten... und das Museum! Wir können das niemals den Russen überlassen!

Die Fürstinmutter trat ein paar Schritte vor. Sie ließ ihre Blicke durch den Salon schweifen, als taxierte sie seinen Wert. Lange ruhten sie auf der Marmorskulptur von Canova. Was ist Besitz? fragte sie. Nichts! Die Wetternichs haben schon vieles verloren in ihrer Geschichte. Sie haben aber auch vieles gewonnen. Das Leben. Nämlich das Leben! Sie warf die Hände in die Luft.

Die Woronzoff lief zu ihr hin und stützte sie. Sie dachte, sie bekäme wieder einen Schwächeanfall. Ihr kamen die Tränen vor Freude. Der Schleier über den Augen versteckte sie glücklicherweise.

Der Diener Kurth setzte die Silberkannen ab. Er zog seine weißen Handschuhe aus, ganz langsam streifte er Finger für Finger ab. Es war eine Zeremonie. Er legte die Handschuhe sorgfältig auf das Tablett. Es war, als sei er damit von einem Gelübde befreit, das er in früher Jugend abgelegt hatte. Er würde nicht von hier weggehen. Er würde bleiben. Er gehörte nach Königswald. Er war ein Baum aus diesen Wäldern, ein Strauch von diesen Wegen, ein Stein aus diesem Schloß. Er gehörte dazu, ganz gleich, wer das hier besitzen und wer es verwalten würde. Er hatte hier angefangen, und hier würde er auch enden. Sie sollten nur gehen, die anderen. Die Lebenden.

Ich bleibe hier, sagte Milka laut. Auf Knall und Fall!

13

Es war kurz vor zwölf Uhr mittags, als die alte Fürstinmutter Melanie von Wetternich-Königswald und mit ihr sieben adlige Damen das Schloß Königswald in Böhmen verließen. Es war ein sonniger Maientag, die Birken leuchteten weiß und grün. Die Erde dampfte. In der Nacht hatte ein lautloser Kampf stattgefunden zwischen Kirsche und Weißdorn und die Kirsche hatte gesiegt, die weißrosa Blüten schwebten im Park wie Lampions, und es duftete süß und betäubend. Niemand außer der Gräfin Hohenlohe war das aufgefallen.

Die junge Fürstin Ursela hatte einen Landauer anspannen lassen und einen gewöhnlichen Bauernwagen dazu. Der zweite Landauer, der in den letzten Kriegsjahren nur selten gebraucht wurde, war in einem bedenklichen Zustand, der würde den Treck nicht durchhalten. So nahmen die Damen, eng gedrängt, im Landauer Platz, der Bauernwagen wurde mit Koffern und Truhen und mit dem Rollstuhl der Gräfin Hohenlohe beladen. Darüber das Heu für die Pferde.

Ursela hatte den Tresor ausgeräumt, in dem der Familienschmuck aufbewahrt wurde – es war nicht viel, die Wetternichs hatten nach außen immer Bescheidenheit gezeigt. Aber es war eine Menge Geld drin gewesen, ihr Mann hatte ihr geraten, nicht immer alles Geld auf die Bank zu tragen. Sie steckte dem Diener zwei Tausendmarkscheine zu. Das ist für Sie, Kurth, sagte sie, und ging noch einmal durch den Roten Salon, in dem sie so oft gesessen war und so vieles erlebt hatte. Ihr Blick wurde von dem braunen Fleck auf dem Teppich angezogen. Dabei wollte sie gar nicht hinsehen.

Swoboda, sagte der Diener. Kurth Swoboda!

Sie entnahm gerade einer Vitrine eine böhmische Vase, die ihr schon lange wegen ihrer ungewöhnlich schönen floralen Form aufgefallen war. O ja, bitte, vielleicht, sagte sie etwas verwirrt. Sie hatte diesen Namen nie gehört. Sie kannte den Diener nur unter dem Namen Kurth. Und jetzt hatte er nicht einmal Dankeschön gesagt, als sie ihm die zwei Scheine zugesteckt hatte.

Sie stellte die Vase zurück. Nur eines möchte ich noch mitnehmen, sagte sie. Eine Birke. Eine Birke aus dem Park von Königswald. Helfen Sie mir, eine junge Birke auszugraben und sie auf den Leiterwagen aufzuladen!

Sie war plötzlich von der Vorstellung besessen, einen Baum aus dem königswaldschen Besitz mitzunehmen, eine Birke, denn nirgendwo leuchteten die Birken so hell wie in Böhmen. Und wenn es ihnen gelingen sollte, bis nach Johannisberg zu kommen, dann wollte sie die Birke einpflanzen am Ufer des

Rheins, und die würde sie bis an ihr Lebensende an die Kindheit in Böhmen erinnern. Birke muß sein!

Die Amerikaner drängten auf Abfahrt. Colonel Cullins war schon vorausgefahren. Ursela ging zu Fuß neben dem Bauernwagen. Es wäre noch Platz für sie im Landauer gewesen, aber sie war viel zu erregt, um dort zwischen den Damen ruhig sitzen zu können. Hinter ihr fuhren als Nachhut zwei kleine amerikanische Lastautos in grünen Tarnfarben, die Jeeps genannt wurden. Einen steuerte der Neger.

Es war eng im Landauer. Der alten Fürstin hatten sie zahlreiche Kissen in den Rücken gestopft, damit sie es bequem hatte. Die Baronin von Schweinitz war kreidebleich; das Fläschchen mit dem Amylnitrit war leer. Die Boehme hielt ihre Hände im Muff und schwitzte. Die Hohenlohe schaukelte mit ihrem Oberkörper wie in Trance. Es hatte am Abend noch ein furchtbares Drama gegeben, als Milka Piontek erklärt hatte, sie wolle im Schloß zurückbleiben, was immer auch geschehe, und der Gräfin gekündigt hatte, Knall auf Fall. Die schlesische Gräfin hatte zu schreien angefangen, mit den Kissen und Wärmflaschen um sich geworfen und am Ende sogar sich aus dem Rollstuhl fallen lassen. Der Name Milka durfte in ihrer Gegenwart fortan nicht mehr genannt werden, und wenn es durch Zufall doch einmal geschah, da bebte die Hohenlohe nur so auf ihrem Sitz.

Die Woronzoff beugte sich zur Baronin hinüber: Ich muß Ihnen noch erzählen, wie das mit dem Wunderpopen zu Ende ging. Also sie fuhren mit dem Schiff bis nach Frankreich, und dort stellte sich heraus, daß manche Gold in ihre Mäntel eingenäht hatten und dafür kauften sie bei Nizza Land und bauten Lavendel an, Sie wissen doch, Lavendel braucht man für jedes Parfüm. Die Geschäfte gingen immer besser, der Pope baute eine schöne russische Kirche und Chagall hat sie ausgemalt, also wenn ich hier glücklich rauskomme, werde ich mir die Kirche einmal ansehen. Die Woronzoff schnürte ihren Schutenhut fest.

Die alte Fürstin boxte sich mit den Ellenbogen links und rechts mehr Platz zurecht, während der überladene Landauer auf der Straße dahinrumpelte. Alors, sagte sie. Ich sage nur Bach. Im Grunde hat es seit Bach keinen Fortschritt mehr in der Musik gegeben.

Die junge Fürstin ging neben dem Bauernwagen. Sie sah sich alle paar Meter um. Sie sog die Landschaft mit den Augen in sich hinein, denn sie wußte, sie würde sie zum letzten Mal sehen. Das Schloß lag hufeisenförmig im Mittagslicht, die helle Fassade in das Grün der jungen Birken und das Schwarz der Fichten gebettet. Dieses Bild entfernte sich von ihren Augen mit jedem Schritt. Und kam mit jedem Schritt ihrer Seele näher.

Da sah sie, wie aus dem Schloßhof eine Person auf die Straße trat und ihnen nachblickte, und es folgte noch eine andere. Und eine dritte. Ursela war erregt.

Sie wäre beinahe in den nachfolgenden Jeep hineingelaufen. Sie machte mit Gesten deutlich, daß sie ein Fernglas wollte, und der Negersoldat reichte ihr eines. Sie schwang sich auf den Wagen, um besser sehen zu können. Und was sie durch das Fernglas erblickte, bestätigte ihr nur, was sie geahnt hatte. Seit langem geahnt hatte. Sie sah den Diener. Sie sah Milka Piontek. Und daneben einen jungen Mann, dem die Frau jetzt eine Hand vertraulich auf die Schulter legte. Es war Galubke. Er trug den Anzug des Fürsten, ihres Mannes, den mit den Nadelstreifen.

Horst Bienek im
Carl Hanser Verlag

Die erste Polka
Roman. 1975

Septemberlicht
Roman. 1977

Zeit ohne Glocken
Roman. 1979

Erde und Feuer
Roman. 1982

Beschreibung einer Provinz
Aufzeichnungen. Materialien.
Dokumente. 1983

»Je weiter Horst Bienek in seiner erfundenen wahrhaftigen Chronik fortschreitet, je näher man in seine wissend dargestellte versunkene Welt lesend einbezogen wird, um so intensiver die Freude, Bewunderung und Anteilnahme für ein großes europäisches Zeugnis der Epik in der deutschen Sprache.«

Hans Weigel im ORF